CLÁSICOS

B

Título original: *Strange Case of Dr Jekyll and Mr Hyde*
1.ª edición: mayo, 2016

© Ediciones B, S. A., 2016
   Consell de Cent, 425-427 – 08009 Barcelona (España)
   www.edicionesb.com

Diseño de portada e interior: Donagh | Matulich

Printed in Spain
ISBN: 978-84-9070-239-0
DL B 4604-2016

Impreso por Novoprint, S.A.
Energia, 53. Sant Andreu de la Barca (Barcelona)

EL EXTRAÑO CASO
DEL DR. JEKYLL Y MR. HYDE

ROBERT L. STEVENSON

CLÁSICOS
B

CAPÍTULO I
HISTORIA DE LA PUERTA

Utterson, el abogado, era un hombre de cara arrugada, jamás iluminada por una sonrisa. De conversación escasa, fría y reservada, retraído en sus sentimientos, era alto, flaco, gris, serio y, sin embargo, de alguna forma, amable. En las cenas con los amigos, cuando el vino era de su gusto, sus ojos traslucían algo eminentemente humano; algo, sin embargo, que no llegaba nunca a traducirse en palabras, pero que tampoco se quedaba en los mudos símbolos de la sobremesa, y se manifestaba, sobre todo, a menudo y claramente, en los actos de su vida.

Era austero consigo mismo: bebía ginebra, cuando estaba solo, para atemperar su tendencia a los buenos vinos, y, aunque le gustase el teatro, hacía veinte años que no pisaba uno. Sin embargo, era de una probada tolerancia con los demás, considerando a veces con estupor, casi con envidia, la fuerte presión de los espíritus vitalistas que los llevaba a alejarse del camino recto. Por esto, en cualquier situación extrema, se inclinaba más a socorrer que a reprobar.

—Respeto la herejía de Caín —decía con agudeza—. Dejo que el prójimo se vaya al diablo como crea más oportuno.

Por este carácter, a menudo solía ser el último conocido honorable, la última influencia saludable en la vida de los hombres que iban cuesta abajo; y en sus relaciones con estos, mientras duraban, su actitud no variaba en lo más mínimo.

Es verdad que, para un hombre como Utterson, poco expresivo en el mejor sentido, no debía ser difícil comportarse así.

Para él, la amistad parecía basarse en un sentido de disponibilidad genérica y benévola. Pero es de personas modestas aceptar sin más, de manos de la casualidad, la búsqueda de las propias amistades; y este era el caso de Utterson.

Sus amigos eran o bien conocidos desde hacía mucho o personas de su familia; su afecto crecía con el tiempo, como la hiedra, y no requería idoneidad de su objeto.

La amistad que lo unía a Richard Enfield, el conocido hombre de mundo, era sin duda de este tipo, ya que Enfield era pariente lejano suyo; resultaba para muchos un misterio saber qué veían aquellos dos uno en el otro o qué intereses podían tener en común. Según decían los que los encontraban en sus paseos de domingo, no intercambiaban ni una palabra, aparecían particularmente deprimidos y saludaban con visible alivio la llegada de un amigo. A pesar de todo, ambos apreciaban muchísimo estas salidas, las consideraban el mejor regalo de la semana, y, para no renunciar a ellas, no solo dejaban cualquier otro motivo de distracción, sino incluso los compromisos más serios.

Sucedió que sus pasos los condujeron, durante uno de estos vagabundeos, a una calle de un barrio muy poblado de Londres. Era una calle estrecha y tranquila los domingos, pero animada por comercios y tráfico durante la semana. Al parecer, sus habitantes ganaban bastante y, rivalizando con la esperanza de que les fuera mejor, dedicaban sus excedentes al adorno, coqueta muestra de prosperidad: los comercios de las dos aceras tenían aire de invitación, como una doble fila de vendedores sonrientes. Por lo que incluso el domingo, cuando velaba sus más floridas gracias, la calle brillaba, en contraste con sus adyacentes escuálidas, como un fuego en el bosque; y con sus contraventanas recién pintadas, sus bronces relucientes, su aire alegre y limpio atraía y seducía inmediatamente la vista del paseante.

A dos puertas de una esquina, viniendo del oeste, la línea de casas se interrumpía por la entrada de un amplio patio; y, justo al lado de esta entrada, un pesado, siniestro edificio sobresalía con su frontón triangular. Aunque fuera de dos pisos, este edificio no tenía ventanas: solo la puerta de entrada, algo más abajo del nivel de la calle, y una fachada ciega de revoque descolorido. Todo el edificio, por otra parte, tenía las señales de un prolongado y sórdido abandono. La puerta, sin aldaba ni campanilla, estaba rajada y descolorida; los vagabundos encontraban cobijo en su hueco y raspaban fósforos en las hojas, los niños comerciaban en los escalones, el escolar probaba su navaja en las molduras, y nadie había aparecido, quizás desde una generación atrás, a echar a aquellos indeseables visitantes o a arreglar lo estropeado.

Enfield y el notario caminaban por el otro lado de la calle, pero, cuando llegaron allí delante, el primero levantó el bastón indicando:

—¿Te has fijado en esa puerta? —preguntó.

Y añadió a la respuesta afirmativa del otro:

—Está asociada en mi memoria a una historia muy extraña.

—¿Ah, sí? —dijo Utterson con un ligero cambio de voz—. ¿Qué historia?

—Bien —dijo Enfield—, así fue. Volvía a casa a pie de un lugar allá en el fin del mundo, hacia las tres de una negra mañana de invierno, y mi recorrido atravesaba una parte de la ciudad en la que no había más que los faroles. Calle tras calle, y ni un alma, todos durmiendo. Calle tras calle, todo encendido como para una procesión y vacío como una iglesia. Terminé encontrándome, a fuerza de escuchar y volver a escuchar, en ese particular estado de ánimo en el que se empieza a desear vivamente ver a un policía. De repente vi dos figuras: una era un hombre de baja estatura, que venía a buen paso y con la cabeza gacha por el fondo de la calle; la otra era una niña, de ocho o diez años, que llegaba corriendo por una bocacalle.

—Bien, señor —prosiguió Enfield—, fue bastante natural que los dos, en la esquina, tropezaran. Pero aquí viene la parte más horrible: el hombre pisoteó tranquilamente a la niña caída y siguió su camino, dejándola llorando en el suelo. Contado no es nada, pero verlo fue un infierno. No parecía ni siquiera un hombre, sino un vulgar *juggernaut*...[1] Yo me puse a correr gritando, agarré al caballero por la solapa y lo llevé donde ya había un grupo de personas alrededor de la niña que gritaba.

»Él se quedó totalmente indiferente, no opuso la mínima resistencia, me echó una mirada, pero una mirada tan horrible que helaba la sangre. Las personas que habían acudido eran los familiares de la pequeña, que resultó que la habían mandado a buscar a un médico, que llegó poco después. Bien, según este último, la niña no se había hecho nada, estaba más bien asustada; por lo que, en resumidas cuentas, todo podría haber terminado ahí, si no hubiera tenido lugar una curiosa circunstancia. Yo había

---

1. En inglés, «fuerza irrefrenable y despiadada que en su avance aplasta o destruye todo lo que se interponga en su camino». El término procede de la anglificación del término sánscrito Yaganatha (uno de los nombres por los que se conoce al dios Krisna —avatar del dios Visnú— en el hinduismo.

aborrecido a mi caballero desde el primer momento; y también la familia de la niña, como es natural, lo había odiado inmediatamente. Pero me impresionó la actitud del médico.

»Era —explicó Enfield—, el clásico tipo estirado, sin color ni edad, con un marcado acento de Edimburgo y la emotividad de un tronco. Pues bien, señor, le sucedió lo mismo que a nosotros: lo veía palidecer de náusea cada vez que miraba a aquel hombre y temblar por las ganas de matarlo. Yo entendía lo que sentía, como él entendía lo que sentía yo; pero, no siendo el caso de matar a nadie, buscamos otra solución. Habríamos montado tal escándalo, dijimos a nuestro prisionero, que su nombre se difamaría por todos los rincones de Londres: si tenía amigos o reputación que perder lo habría perdido todo. Mientras nosotros, por otra parte, lo avergonzábamos y lo marcábamos a fuego, teníamos que controlar a las mujeres, que se le echaban encima como arpías. Jamás he visto un círculo de caras más enfurecidas. Y él allí en el medio, con esa especie de mueca negra y fría. También estaba asustado, era evidente, pero sin sombra de arrepentimiento. ¡Te lo aseguro, un diablo!

»Al final nos dijo: "¡Pagaré, si es lo que quieren! Un caballero paga siempre para evitar el escándalo. Díganme la cantidad."

»La cantidad fue de cien libras para la familia de la niña, y en nuestras caras debía de haber algo que no presagiaba nada bueno, por lo que él, aunque estuviese claramente quemado, lo aceptó. Ahora había que conseguir el dinero. Pues bien, ¿dónde crees que nos llevó? Precisamente a esa puerta.

»Sacó la llave —continuó Enfield—, entró y volvió al poco rato con diez libras en efectivo y el resto en un cheque. El cheque era del banco Coutts, al portador, y llevaba la firma de una persona que no puedo decir, aunque sea uno de los puntos más singulares de mi historia. De todas formas se trataba de un nombre muy conocido, que a menudo aparece impreso; si la cantidad era alta, la firma era una garantía suficiente siempre que fuese auténtica, naturalmente. Me tomé la libertad de comentar a nuestro caballero que toda la historia me parecía apócrifa: porque un hombre, en la vida real, no entra a las cuatro de la mañana por la puerta de semejante antro para salir, unos instantes después, con el cheque de otro hombre por valor de casi cien libras. Pero él, con su mueca impúdica, se quedó perfectamente a sus anchas. "No se preocupen —dijo—, me quedaré aquí hasta que abran los bancos y cobraré el cheque personalmente." De esta forma nos pusimos en marcha el médico, el padre de la niña, nuestro amigo y yo, y fuimos todos a esperar a mi casa. Por la mañana, después del desayuno, fuimos al banco todos juntos. Presenté yo mismo el cheque, diciendo que tenía razones para sospechar que la firma era falsa. Y sin embargo, nada de eso. El cheque era auténtico.

—¡Huy, huy! —dijo Utterson.

—Veo que piensas igual que yo —dijo Enfield—. Sí, una historia sucia. Porque mi hombre era uno con el que nadie querría saber nada, un condenado; mientras que la persona que firmó el cheque es honorable, persona de renombre, además de ser (esto hace el caso aún más deplorable) una de esas buenas personas que «hacen el bien», como suele decirse... Chantaje, supongo: un hombre honesto obligado a pagar un ojo de la cara por algún desliz de juventud. Por eso, cuando pienso en este edificio, pienso en la Casa del Chantaje. Aunque esto, ya sabes, no es suficiente para explicar todo... —concluyó perplejo y quedándose luego pensativo.

Su compañero lo distrajo un poco más tarde, y le preguntó algo bruscamente:

—¿Pero sabes si el firmante del cheque vive ahí?

—Un lugar poco probable, ¿no crees? —replicó Enfield—. Pues, no. He tenido ocasión de conocer su dirección y sé que vive en una plaza, pero no recuerdo en cuál.

—¿Y no te has informado nunca sobre..., sobre esta casa?

—No, señor, me pareció poco delicado —fue la respuesta—. Siempre tengo miedo de preguntar; me parece algo como del día del Juicio Final. Se empieza con una pregunta, y es como mover una piedra: tú estás tranquilo arriba en el monte y la piedra empieza a caer, desprendiendo otras, hasta que le pega en la cabeza, en el jardín de su casa, a un buen hombre (el último en el que habrías pensado), y la familia tiene que cambiar de apellido. No, señor, lo tengo por norma: cuanto más extraño me parece algo, menos pregunto.

—Norma excelente —dijo el abogado.

—Pero he estudiado el lugar por mi cuenta —retomó Enfield—. Realmente no parece una casa. Hay solo una puerta, y nadie entra ni sale nunca, a excepción, y en contadas ocasiones, del caballero de mi aventura. Hay tres ventanas en el piso superior, que dan al patio, ninguna en la primera planta; estas tres ventanas están siempre cerradas, pero los cristales están limpios. Y hay una chimenea de la que normalmente sale humo, por lo que debe de vivir alguien. Pero no está muy claro lo de la chimenea, ya que muchas casas dan al patio y resulta difícil decir dónde empieza una y termina otra.

Y los dos siguieron paseando en silencio.

—Enfield —dijo Utterson después de un rato—, tu norma es excelente.

—Sí, así lo creo —replicó Enfield.

—Sin embargo, a pesar de todo —continuó el abogado—, hay algo que me gustaría pedirte. Querría saber cómo se llama el hombre que pisoteó a la niña.

—¡Bah! —dijo Enfield—, no veo qué mal hay en decírtelo. El hombre se llamaba Hyde.

—¡Huy! —exclamó Utterson—. ¿Y qué aspecto tiene?

—No es fácil describirlo. Hay algo que no encaja en su aspecto; algo desagradable, algo, sin duda, detestable. No he visto nunca a ningún hombre que me repugnase tanto, pero no sabría decir realmente por qué. Debe de ser deforme, en cierto sentido; se tiene una fuerte sensación de deformidad, aunque luego no se logre encontrar la razón. Lo extraño está en su conjunto más que en lo particular. No, señor, no consigo empezar; no logro describirlo. Y no es por falta de memoria; porque, incluso, puedo decir que lo tengo ante mis ojos en este preciso instante.

El abogado se quedó absorto y taciturno, como si siguiera el hilo de sus reflexiones.

—¿Estás seguro de que tenía la llave? —dijo al final.

—Pero ¿y esto? —dijo Enfield sorprendido.

—Sí, lo sé —dijo Utterson—, sé que parece extraño. Pero mira, Richard, si no te pregunto el nombre de la otra persona es porque ya lo conozco. Tu historia… ha dado en el blanco, si se puede decir. Y por esto, si hubieras sido impreciso en algún punto, te ruego que me lo indiques.

—Me molesta que no me lo hayas advertido antes —dijo el otro con una pizca de reproche—. Pero soy pedantemente preciso, usando tus palabras. Aquel hombre tenía la llave. Y aún más, todavía la tiene: he visto cómo la usaba hace menos de una semana.

Utterson suspiró profundamente, pero no dijo ni una palabra más. El más joven, después de unos momentos, reemprendió:

—He recibido otra lección sobre la importancia de estar callado. ¡Me avergüenzo de mi lengua demasiado larga!... Pero escucha, hagamos un pacto de no hablar más de esta historia.

—De acuerdo, Richard —dijo el abogado—. No hablaremos más.

CAPÍTULO II
EN BUSCA DE MR. HYDE

Cuando por la noche volvió a su casa de soltero, Utterson estaba deprimido y se sentó a la mesa sin apetito. Los domingos, después de cenar, tenía la costumbre de sentarse junto al fuego con algún libro de algún árido teólogo en el atril, hasta que el reloj de la cercana iglesia daba las campanadas de medianoche. Después ya se iba, sobriamente y agradecido, a la cama.

Aquella noche, sin embargo, después de levantar la mesa, tomó una vela y se fue a su despacho. Abrió la caja fuerte, sacó del fondo de un rincón un sobre con el rótulo «Testamento del Dr. Jekyll», y se sentó con el ceño fruncido a estudiar el documento.

El testamento era ológrafo, ya que Utterson, aunque aceptó la custodia a cosa hecha, había rechazado prestar la más mínima asistencia en su redacción. En él se establecía no solo que, en caso de muerte de Henry Jekyll, doctor en Medicina, doctor en Derecho, miembro de la Sociedad Real, etc., todos sus bienes pasarían a su «amigo y benefactor Edward Hyde», sino que, en caso de que el doctor Jekyll «desapareciese o estuviera inexplicablemente ausente durante un periodo superior a tres meses de calendario»; el susodicho Edward Hyde habría entrado en posesión de todos los bienes del susodicho Henry Jekyll, sin más dilación y con la única obligación de liquidar unas modestas sumas dejadas al personal de servicio.

Este documento era desde hace mucho tiempo una pesadilla para Utterson. En él ofendía no solo al abogado, sino al hombre de costumbres tranquilas, amante de los aspectos más familiares y razonables de la vida, y para el que toda extravagancia era una inconveniencia. Si, por otra parte, hasta entonces, el hecho de no saber nada de Mr. Hyde era lo que más le indignaba, ahora, por una casualidad, el hecho más grave era saberlo. La situación, que ya era desagradable cuando ese nombre solo era un mero nombre sobre el que no había conseguido ninguna información, aparecía ahora empeorada cuando el nombre empezaba a revestirse de atributos odiosos, y que de los vagos, nebulosos perfiles en los que sus ojos se habían perdido saltaba imprevisto y preciso el presentimiento de un demonio.

—Pensaba que era locura —dijo, devolviendo a la caja fuerte el deplorable documento—, pero empiezo a temer que sea deshonor.

Apagó la vela, se puso un gabán y salió. Iba derecho a Cavendish Square, esa fortaleza de la medicina en que, entre otras celebridades, vivía y recibía a sus innumerables pacientes el famoso doctor Lanyon, su amigo. «Si alguien sabe algo es Lanyon», había pensado.

El solemne mayordomo lo conocía y lo recibió con deferente premura, conduciéndolo inmediatamente al comedor, en el que el médico estaba sentado solo, saboreando su vino.

Lanyon era un caballero de aspecto juvenil y con una cara rosada y saludable; era bajo y gordo, con un mechón de pelo prematuramente blanco y modales muy vivaces. Al ver a Utterson se levantó de la silla para salir a su encuentro y le apretó calurosamente la mano, con una efusividad quizás algo teatral, pero completamente sincera. Los dos, en efecto, eran viejos amigos, antiguos compañeros de colegio y de universidad, totalmente respetuosos tanto de sí mismos como el uno del otro, y, algo que no necesariamente se consigue, siempre contentos de encontrarse en mutua compañía.

Después de hablar durante unos momentos de generalidades, el abogado se refirió al asunto que tanto lo preocupaba.

—Lanyon —dijo—, tú y yo somos los amigos más viejos de Henry Jekyll, ¿no?

—Preferiría que los amigos fuésemos más jóvenes —bromeó Lanyon—, pero me parece que efectivamente es así. ¿Por qué? Tengo que decir que hace mucho tiempo que no lo veo.

—¿Ah, sí? Creía que teníais muchos intereses en común —dijo Utterson.

—Los teníamos —fue la respuesta—, pero luego Henry Jekyll se ha convertido en demasiado extravagante para mí. Desde hace unos diez años ha empezado a razonar, o más bien a desra-

zonar, de una forma extraña; y yo, aunque siga
más o menos sus trabajos, por amor a los viejos
tiempos, como se dice, hace ya mucho que prác-
ticamente no lo veo... ¡No hay amistad que
aguante —añadió poniéndose de repente rojo—
ante ciertos absurdos pseudocientíficos!

Utterson se alivió un poco con este desahogo.

«Habrán discutido solo por cuestiones médi-
cas», pensó; y siendo, como era, ajeno a las pasiones científicas (salvo en materia de traspasos de
propiedad), añadió: «Tonterías.» Luego le dejó al
amigo tiempo para recuperar la calma, antes de
soltarle la pregunta por la que había venido:

—¿Nunca has encontrado u oído hablar de
un tal... protegido de Jekyll, llamado Hyde?

—¿Hyde? —repitió Lanyon—. No. Nunca lo
he oído nombrar. Lo habrá conocido más tarde.

Estas fueron las informaciones que el abogado se llevó a casa y al amplio, oscuro lecho

en el que siguió dando vueltas ya de una parte, ya de otra, hasta que las horas pequeñas de la mañana se hicieron grandes. Fue una noche en la que no descansó su mente, que, asediada por preguntas sin respuesta, siguió cansándose en la oscuridad absoluta.

Cuando se oyeron las campanadas de las seis en la iglesia tan oportunamente cercana, Utterson seguía inmerso en el problema. Más aún, si hasta entonces se había empeñado con la inteligencia, ahora se encontraba también llevado por la imaginación. En la oscuridad de su habitación de pesadas cortinas repasaba la historia de Enfield ante sus ojos, como una serie de imágenes proyectadas por una linterna mágica. He ahí la gran hilera de faroles de una ciudad de noche; he ahí la figura de un hombre que avanza rápido; he ahí la de una niña que va a llamar a un doctor; y he ahí las dos figuras que chocan, he ahí ese *juggernaut* humano que arrolla a la niña y pasa por encima sin preocuparse de sus gritos.

Otras veces, Utterson veía el dormitorio de una casa rica y a su amigo que dormía tranquilo y sereno como si sonriera en sueños; luego se abría la puerta, se descorrían violentamente las cortinas de la cama, y he ahí, de pie, la figura a la que se le había dado todo poder; incluso el de despertar al que dormía en esa hora muerta para llamarlo a sus obligaciones.

Tanto en una como en la otra serie de imágenes, aquella figura siguió obsesionando al abogado durante toda la noche. Si a ratos se adormecía, volvía a verla deslizarse más furtiva en el interior de las casas dormidas, o avanzar rápida, siempre muy rápida, vertiginosa, por laberintos cada vez mayores de calles alumbradas por faroles, arrollando en cada cruce a una niña y dejándola llorando en la calle.

Y sin embargo la figura no tenía un rostro, tampoco los sueños tenían rostro, o tenían uno que se desvanecía, se deshacía, antes de que Utterson consiguiera fijarlo. Así creció en el notario una curiosidad muy fuerte, diría irresistible, por conocer las facciones del verdadero Mr. Hyde. Si hubiese podido verlo al menos una vez, creía, se habría aclarado o quizá disuelto el misterio, como sucede a menudo cuando las cosas misteriosas se ven de cerca. Quizás habría conseguido explicar de alguna forma la extraña inclinación (o la siniestra dependencia) de su amigo, y quizás también esa incomprensible cláusula de su testamento. De todas formas, era un rostro que valía la pena conocer: el rostro de un hombre sin entrañas de piedad, un rostro al que había bastado con mostrarse para suscitar, en el frío Enfield, un persistente sentimiento de odio.

Desde ese mismo día Utterson empezó a vigilar esa puerta, en esa calle de comercios. Muy de mañana, antes de la hora de oficina; a mediodía, cuando el trabajo era abundante y el tiempo escaso; por la noche, bajo la velada cara de la luna ciudadana; con todas las luces y a todas horas, solitarias o con gentío, se podía encontrar allí al abogado, en su puesto de guardia.

«Si él es el Mr. Hyde —había pensado—, yo seré Mr. Seek.»[2]

Y, por fin, su paciencia se vio recompensada. Era una noche serena, seca; el aire era helado, las calles estaban tan limpias como la pista de un salón de baile; y los faroles con sus llamas inmóviles, por la ausencia total de viento, proyectaban una precisa trama de luces y sombras. Después de las diez, cuando cerraban los comercios, el lugar

---

2. *To hide*, en inglés (y Hyde se pronuncia exactamente igual), significa «esconderse»; *to seek* significa «buscar».

se hacía muy solitario y, a pesar del ruido sordo de Londres, muy silencioso. Los más leves sonidos llegaban en la distancia, los ruidos domésticos de las casas se oían claramente en la calle, y si un peatón se acercaba, el ruido de sus pasos lo anunciaba antes de que apareciera a la vista.

Utterson estaba allí desde hacía unos minutos, cuando, de repente, se dio cuenta de unos pasos extrañamente rápidos que se acercaban.

En el curso de sus reconocimientos nocturnos ya se había acostumbrado a ese extraño efecto por el que los pasos de una persona, aun bastante lejos, resonaban de repente muy claros en el vasto, confuso fondo de los ruidos de la ciudad. Pero su atención nunca había sido atraída de un modo tan preciso y decidido como ahora, y un fuerte, supersticioso presentimiento de éxito llevó al abogado a esconderse en la entrada del patio.

Los pasos siguieron acercándose con rapidez, y su sonido creció de repente cuando, desde un lejano cruce, entraron en la calle. Utterson pudo ver enseguida, desde su puesto de observación en la entrada, con qué tipo de persona tenía que enfrentarse. Era un hombre de baja estatura y de vestir más bien ordinario, pero su aspecto general, incluso desde esa distancia, era de alguna forma tal, que suscitaba una predisposición para nada benévola. Se fue derecho a la puerta, caminando en diagonal para ganar tiempo y, al acercarse, sacó del bolso una llave, con el gesto de quien llega a su casa.

El abogado se adelantó y le tocó en el hombro.

—¿Mr. Hyde?

El otro se echó para atrás, aspirando con una especie de silbido. Pero se recompuso de inmediato y, aunque no alzó la cara para mirar a Utterson, respondió con bastante calma:

—Sí, me llamo Hyde. ¿Qué quiere?

—Veo que va a entrar —contestó el abogado—. Soy un viejo amigo del doctor Jekyll: Utterson, de Gaunt Street. Conocerá mi nombre, supongo, y pienso que podríamos entrar, ya que nos encontramos aquí.

—Si busca a Mr. Jekyll, no está en casa —contestó Hyde metiendo la llave.

Luego preguntó de repente, sin alzar la cabeza:

—¿Cómo me reconoció?

—¿Me haría un favor? —dijo Utterson.

—Cómo no —contestó el otro—. ¿Qué favor?

—Déjeme que lo mire a la cara.

Mr. Hyde pareció dudar, pero luego, como en una decisión imprevista, levantó la cabeza con aire de desafío, y los dos se quedaron mirándose durante unos momentos.

—Así podré reconocerlo —dijo Utterson—. Y eso puede serme útil en otra ocasión.

—Sí. Es importante que nos hayamos encontrado —contestó Hyde—. A propósito, convendría que tuvieses mi dirección —añadió, dando el nombre y el número de una calle del Soho.

«Por Dios! —se dijo el abogado—, ¿es posible que también él haya pensado en el testamento?» Se guardó esta sospecha y se limitó, con un murmullo, a tomar la dirección.

—Y ahora dígame —dijo el otro—. ¿Cómo me ha reconocido?

—Alguien lo describió —fue la respuesta.

—¿Quién?

—Tenemos amigos en común —dijo Utterson.

—¿Amigos en común? —repitió Hyde con una voz un poco ronca—. ¿Y quiénes serían?

—Jekyll, por ejemplo —dijo el abogado.

—¡Él nunca me describió! —gritó Hyde, con ira repentina—. ¡No lo creía a usted capaz de mentirme!

—Vamos, vamos, no debe hablar así —dijo Utterson.

El otro enseñó los dientes con una carcajada salvaje, y un instante después, con extraordinaria rapidez, ya había abierto la puerta y había desaparecido dentro.

El abogado se quedó un momento como Mr. Hyde lo había dejado. Parecía el retrato del desconcierto. Luego empezó a subir lentamente la calle, pero se detenía cada pocos pasos y se llevaba una mano a la frente, como el que se encuentra en el mayor desconcierto. Y de hecho su problema parecía irresoluble. Hyde era pálido y muy pequeño, daba una impresión de deformidad, aunque sin malformaciones concretas, tenía una sonrisa repugnante, se comportaba con una mezcla viscosa de pusilanimidad y arrogancia, hablaba con una especie de ronco y roto susurro: todas cosas, sin duda, negativas, pero que, aunque las sumáramos, no explicaban la inaudita aversión, repugnancia y miedo que habían sobrecogido a Utterson.

«Debe de haber alguna otra cosa, más aún, estoy seguro de que la hay —se repetía perplejo el abogado—. Solo que no consigo darle un nombre. ¡Ese hombre, Dios me ayude, apenas parece humano! ¿Algo de troglodita? ¿O será la vieja historia del Dr. Fell? ¿O la simple irradiación de un alma infame que transpira por su cáscara de arcilla y la transforma? ¡Creo que es esto, mi pobre Jekyll! Si alguna vez una cara ha llevado la firma de Satanás, es la cara de tu nuevo amigo.»

Al fondo de la calle, al dar la vuelta a la esquina, había una plaza de casas elegantes y antiguas, ahora ya decadentes, en cuyos pisos o habitaciones de alquiler vivía gente de todas las condiciones y oficios: pequeños impresores, arquitectos, abogados más o menos dudosos, agentes de oscuros negocios. Sin embargo, una de estas casas, la segunda de la esquina, no estaba todavía dividida y mostraba todas las señales de confort y lujo, aunque en ese momento estuviese completamente a oscuras, a excepción de la media luna de cristal por encima de la puerta de entrada. Utterson se paró ante esta puerta y llamó. Un mayordomo anciano y bien vestido vino a abrirle.

—¿Está en casa el doctor Jekyll, Poole? —preguntó el abogado.

—Voy a ver, Mr. Utterson —dijo Poole, haciendo entrar al visitante a un amplio salón con el techo bajo y con el pavimento de piedra, calentado (como en las casas de campo) por una chimenea que sobresalía, y decorado con viejos muebles de roble—. ¿Quiere esperar aquí, junto al fuego, señor? ¿O enciendo una luz en el comedor?

—Aquí, gracias —dijo el abogado, acercándose a la chimenea y apoyándose en la alta repisa.

De ese salón, orgullo de su amigo Jekyll, Utterson solía hablar como del más acogedor de todo Londres. Pero esta noche sentía un escalofrío en los huesos. La cara de Hyde no se le iba de la memoria. Sentía (algo extraño en él) náusea y disgusto por la vida. Y con esta oscura disposición de ánimo le parecía leer una amenaza en los reflejos del fuego en la lisa superficie de los muebles o en la vibración insegura de las sombras en el techo. Se avergonzó de su alivio cuando Poole, al poco tiempo, volvió para anunciar que el doctor Jekyll había salido.

—He visto a Mr. Hyde entrar por la puerta de la vieja sala de anatomía —dijo—. ¿Es normal, cuando el doctor Jekyll no está en casa?

—Completamente normal, Mr. Utterson. Mr. Hyde tiene la llave.

—Me parece que su amo le da mucha confianza a ese joven, Poole —comentó el abogado con una mueca.

—Sí, señor. Efectivamente, señor —dijo Poole—. Todos nosotros tenemos orden de obedecerle.

—Yo no lo he visto aquí nunca, ¿verdad? —preguntó Utterson.

—Claro que no, señor —dijo el otro—. Él no viene nunca a comer, y no se hace ver mucho en esta parte de la casa. Como máximo viene y sale por el laboratorio.

—Bien, buenas noches, Poole.

—Buenas noches, Mr. Utterson.

El abogado se dirigió a su casa con el corazón intranquilo. «¡Pobre Harry Jekyll —pensó—, tengo miedo de que esté realmente metido en un buen lío! De joven, tenía un temperamento fuerte, y, aunque haya pasado tanto tiempo,

¡vaya uno a saber! La ley de Dios no conoce prescripción... Por desgracia, debe ser así: el fantasma de una vieja culpa, el cáncer de un deshonor escondido y el castigo que llega, después de años que la memoria ha olvidado y que la propia estima ha perdonado el error.»

Impresionado por esta idea, el abogado se puso a analizar su propio pasado, buscando en todos los recovecos de la memoria y casi esperando que de allí, como de una caja de sorpresas, saltase de repente alguna vieja iniquidad. Pero en su pasado no había nada reprochable; pocos podrían haber deshojado con menor aprensión los registros de su vida. Sin embargo, Utterson reconoció muchas culpas y sintió una profunda vergüenza, apoyándose solo, con sobrio y timorato reconocimiento, en el recuerdo de muchas ocasiones en las que había estado a punto de caer, pero que, por el contrario había evitado.

Volviendo a los pensamientos de antes, concibió un rayo de esperanza. «A este señorito Hyde —se dijo—, si se le estudia de cerca, se le deberían sacar sus secretos: secretos negros, a juzgar por su apariencia, al lado de los cuales también los más oscuros de Jekyll resplandecerían como la luz del sol. Las cosas no pueden seguir así. Me da escalofríos pensar en ese ser bestial que se desliza como un ladrón hasta el lecho de Harry... ¡Pobre Harry, qué despertar! Y un peligro más: porque, si ese Hyde sabe o sospecha lo del testamento, podrá impacientarse por heredar... ¡Ah, si Jekyll al menos me permitiese ayudarlo! ¡Sí! Si al menos me lo permitiese!», se repitió. Porque una vez más habían aparecido ante sus ojos, nítidas como la transparencia misma, las extrañas cláusulas del testamento.

CAPÍTULO III
EL DR. JEKYLL ESTABA PERFECTAMENTE TRANQUILO

No habían pasado quince días cuando por una casualidad que Utterson juzgó providencial, el doctor Jekyll reunió en una de sus agradables comidas a cinco o seis viejos compañeros, todos excelentes e inteligentes, además de expertos en buenos vinos; y el abogado aprovechó para quedarse una vez que los otros se fueron.

No resultó extraño porque sucedía muy a menudo, ya que, donde se lo estimaba, la compañía de Utterson era muy estimada. Para quien lo invitaba era un placer retener al taciturno abogado, cuando los demás huéspedes, más locuaces e ingeniosos, ponían el pie en la puerta; era agradable quedarse todavía un rato con ese hombre discreto y tranquilo, casi para cultivar la soledad y fortalecer el espíritu con su rico silencio, después de la fatigosa tensión de la alegría.

Y el doctor Jekyll no era una excepción a esta regla; y si lo mirábamos sentado con Utterson junto al fuego —un hombre alto y guapo, sobre los cincuenta, de rasgos finos y proporcionados que reflejaban quizás una cierta malicia, pero también una gran inteligencia y bondad de ánimo— se veía con claridad que sentía un afecto cálido y sincero por el abogado.

—¡Escucha, Jekyll, hace tiempo que quería hablar contigo! —dijo Utterson—. ¿Recuerdas aquel testamento tuyo?

El médico, como habría podido notar un observador atento, tenía pocas ganas de entrar en ese tema, pero supo salir con gran desenvoltura.

—¡Mi pobre Utterson —dijo—, eres desafortunado al tenerme como cliente! ¡No he visto a nadie tan afligido como tú por ese testamento mío, si quitamos al insoportable pedante de Lanyon por esas que él llama mis «herejías científicas»! Sí, ya sé que es una buena persona, no me mires de esa forma. Una buenísima persona. Pero es un insoportable pedante, un pedante ignorante y presuntuoso. Nadie me ha desilusionado tanto como Lanyon.

—Ya sabes que siempre desaprobé ese documento —insistió Utterson, sin dejarlo escapar del asunto.

—¿Mi testamento? Sí, ya lo sé —asintió el médico, con una pizca de impaciencia—. Me lo has dicho y repetido.

—Bien, te lo repito de nuevo —dijo el abogado—. He sabido algunas cosas sobre tu joven Hyde.

El rostro cordial del doctor Jekyll palideció hasta los labios, y por sus ojos pasó como un rayo oscuro.

—No quiero oír más —dijo—. Habíamos decidido, creo, dejar a un lado este asunto.

—Las cosas que he oído son abominables —dijo Utterson.

—No puedo hacer nada ni cambiar nada. Tú no entiendes mi posición —repuso nervioso el médico—. Me encuentro en una situación penosa, Utterson, y en una posición extraña…, muy extraña. Es una de esas cosas que no se arreglan hablando.

—Jekyll, tú me conoces y sabes que puedes confiar en mí —dijo el abogado—. Explícate, dime todo en confianza, y estoy seguro de poder sacarte de este lío.

—Mi querido Utterson —dijo el médico—, es verdaderamente amable, extraordinariamente amable de tu parte. No tengo palabras para agradecértelo. Y te aseguro que no hay persona en el mundo, ni siquiera yo mismo, en la que confiaría más, si tuviera que elegir. Pero, de verdad, las cosas no son como crees, la situación no es tan grave. Para dejar en paz a tu buen corazón te diré una cosa: podría liberarme de Mr. Hyde en cualquier momento que quisiera. Te doy mi palabra. Te lo agradezco infinitamente una vez más, pero sabiendo que no te lo tomarás a mal, también añado esto: se trata de un asunto estrictamente privado, por lo que te ruego que no volvamos sobre el tema.

Utterson reflexionó unos instantes, mirando el fuego:

—De acuerdo, no dudo de que tengas razón —dijo por fin levantándose.

—Pero, dado que hemos hablado y espero que por última vez —retomó el médico—, hay un punto que quisiera que tú entendieses.

Siento un tremendo afecto por el pobre Hyde. Sé que se han visto, me lo ha dicho, y tengo miedo de que no haya sido muy cortés. Pero, repito, siento un tremendo afecto por ese joven, y, si yo desapareciese, tú prométeme, Utterson, que lo tolerarás y que tutelarás sus legítimos intereses. No dudo de que lo harías, si supieras todo, y tu promesa me quitaría un peso de encima.

—No puedo garantizarte —dijo el abogado— que conseguiré alguna vez hacerlo a gusto.

Jekyll le puso la mano en el brazo.

—No te pido eso —dijo con calor—. Te pido solo que tuteles sus derechos y te pido que lo hagas por mí, cuando yo ya no esté. Utterson no pudo contener un profundo suspiro.

—Bien —dijo—. Te lo prometo.

CAPÍTULO IV
EL CASO DEL ASESINATO DE CAREW

Casi un año después, en octubre de 18... todo Londres se conmovió por un delito horrible, no menos execrable por su crueldad que por la personalidad de la víctima. Los detalles que se conocieron fueron pocos, pero atroces.

Hacia las once, una camarera que vivía sola, en una casa no muy lejos del río, había subido a su habitación para ir a la cama. A esa hora, aunque más tarde una cerrada niebla envolviese la ciudad, el cielo estaba aún despejado, y la calle a la que daba la ventana de la muchacha estaba muy iluminada por la luna llena. Al parecer, era una muchacha de inclinaciones románticas, ya que se sentó en el baúl, que había colocado debajo de la ventana, y se quedó allí soñando y mirando a la calle.

Nunca (como luego repitió entre lágrimas, al contar esa experiencia), nunca se había sentido tan en paz con todos ni mejor dispuesta con el mundo. Y he aquí que, mientras estaba sentada, vio a un anciano y distinguido señor de pelo blanco que subía por la calle, mientras otro señor más bien pequeño, al que prestó poca atención al principio, venía en dirección opuesta. Cuando los dos llegaron al punto de cruzarse (precisamente debajo de su ventana), el anciano se dirigió hacia el otro y se acercó, inclinándose con gran cortesía. No tenía nada importante que decirle, por lo que parecía; probablemente, a juzgar por los gestos, quería solo preguntar por la calle; pero la luna le iluminaba la cara mientras hablaba, y la camarera, se complació al verlo, por la benignidad y gentileza a la antigua que parecía emanar —no sin algo de estirado— y por una especie de bien fundada satisfacción interior.

Dirigiendo luego la atención al otro paseante, la muchacha se sorprendió al reconocer a un tal Mr. Hyde, que había visto una vez en casa de su amo y no le había gustado nada. Este tenía en la mano un bastón pesado, con el que jugaba, pero no respondía ni una palabra y parecía escuchar con impaciencia apenas contenida.

Y luego, de repente, estalló en un acceso de cólera, dando patadas en el suelo, blandiendo su bastón y comportándose (según la descripción de la camarera) absolutamente como un loco.

El anciano caballero dio un paso atrás, con aire de quien está muy extrañado y también bastante ofendido; a esto el señor Hyde se desató del todo y lo tiró al suelo de un bastonazo. Inmediatamente después, con la furia de un mono, saltó sobre él pisoteándolo y descargando encima una lluvia de golpes, bajo los cuales se oía cómo se rompían los huesos y el cuerpo resollaba en la calle. La camarera se desvaneció por el horror de lo visto y de lo oído.

Eran las dos cuando volvió en sí y llamó a la policía. El asesino hacía ya tiempo que se había ido, pero la víctima estaba todavía allí en medio de la calle, en un estado horrible. El bastón con el que lo habían matado, aunque de madera dura y pesada, se había partido en dos en el desencadenamiento de esa insensata violencia; y una mitad astillada había rodado hasta la cuneta, mientras la otra, sin duda, se había quedado en manos del asesino. El cadáver llevaba encima un monedero y un reloj de oro, pero ninguna tarjeta o documento, a excepción de una carta cerrada y franqueada, que la víctima probablemente llevaba al correo y que tenía el nombre y la dirección de Mr. Utterson.

El abogado estaba aún en la cama cuando le llevaron esta carta, pero, apenas la tuvo bajo sus ojos y le informaron de las circunstancias, se quedó muy serio.

—No puedo decir nada hasta que no haya visto el cadáver —dijo—, pero tengo miedo de tener que darles una pésima noticia. Tengan la cortesía de esperar a que me vista.

Con aspecto serio, después de un rápido desayuno, dijo que le pidieran un coche de caballos y se hizo conducir a la comisaría, adonde habían llevado el cadáver. Al verlo, admitió:

—Sí, lo reconozco —dijo—, y me duele anunciarles que se trata de Sir Danvers Carew.

—¡Dios mío!, ¿pero cómo es posible? —exclamó consternado el funcionario. Luego sus ojos se encendieron de ambición profesional—. Es un delito que hará mucho ruido. ¿Usted podría ayudarnos a encontrar a ese Hyde? —dijo. Y, referido brevemente el testimonio de la camarera, mostró el bastón partido.

Utterson se había quedado pálido al oír el nombre de Hyde, pero al ver el bastón ya no tenía dudas; por roto y astillado que estuviera, era un bastón que él mismo le había regalado a Henry Jekyll, hacía muchos años.

—¿Ese Hyde es una persona de baja estatura? —preguntó.

—Muy pequeño y de aspecto mal encarado, al menos es lo que dice la camarera.

Utterson reflexionó un instante con la cabeza gacha, luego miró al funcionario.

—Tengo un coche ahí afuera —dijo—. Si viene conmigo, creo que puedo llevarlo a su casa.

Eran ya las nueve de la mañana y la primera niebla de la estación pesaba sobre la ciudad como un gran manto color chocolate. Pero el viento batía y demolía continuamente esos vapores, de tal forma que Utterson, mientras avanzaba el coche lentamente de calle en calle, podía contemplar una sorprendente diversidad de gradación y matices de una luz crepuscular: aquí dominaba el negro de una noche ya cerrada, allí se encendían resplandores de oscura púrpura, como un extenso y extraño incendio, mientras más adelante, lacerando un momento la niebla, una imprevista y lívida luz diurna penetraba entre las deshilachadas cortinas.

El oscuro barrio del Soho, visto a la luz de esos destellos cambiantes, con sus calles fangosas y sus paseantes desaliñados, con sus faroles no apagados desde la noche anterior o encendidos de prisa para combatir esa nueva invasión de oscuridad, se le aparecía a Utterson como recortado en una ciudad de pesadilla. Sus mismos pensamientos, por otra parte, eran de tintes oscuros, y, si miraba al funcionario que tenía al lado, sentía que lo sobrecogía ese terror que la ley y sus ejecutores infunden a veces hasta en los más inocentes.

Cuando el coche se paró en la dirección indicada, la niebla se levantó un poco descubriendo un miserable callejón con una taberna, un equívoco restaurante francés, una tienducha de verduras y periódicos de un sueldo, niños piojosos agachados en las puertas y muchas mujeres de distinta nacionalidad que se iban, con la llave de casa en mano, a beber su ginebra matutina. Un instante después la niebla había caído de nuevo, negra como la tierra de sombra, aislando al abogado de ese entorno miserable. ¡Aquí vivía el favorito de Henry Jekyll, el heredero de un cuarto de millón de esterlinas!

Una vieja de cara de marfil y cabellos de plata vino a abrir la puerta. Tenía mala pinta, de una maldad suavizada por la hipocresía, pero sus modales eran educados. «Sí —dijo—, Mr. Hyde vive aquí, pero no está en casa»; había vuelto muy tarde por la noche y apenas hacía una hora que había salido de nuevo; en esto no había nada de extraño, ya que sus costumbres eran muy irregulares y a menudo estaba ausente; por ejemplo, antes de ayer ella no le había visto desde hacía dos meses.

—Bien, entonces querríamos ver sus habitaciones —dijo el abogado.

Y cuando la mujer se puso a protestar diciendo que era imposible, cortó por lo sano:

—El señor viene conmigo, se lo advierto, es el inspector Newcomen, de Scotland Yard.

Un relámpago de odiosa satisfacción iluminó la cara de la mujer, que dijo:

—¡Ah, metido en líos! ¿Qué ha hecho?

Utterson y el inspector intercambiaron una mirada.

—Parece que es un tipo no muy querido —observó el funcionario—. Y ahora, buena mujer, déjenos echar un vistazo.

De toda la casa, en la que, aparte de la mujer no vivía nadie más, Hyde se había reservado solo un par de habitaciones; pero estas estaban amuebladas con lujo y buen gusto. En una alacena había vinos de calidad, los cubiertos eran de plata, los manteles muy finos; había colgado probablemente, pensó Utterson, un regalo de Henry Jekyll, que era un amante del arte; y las alfombras, muchísimas, eran de colores agradablemente variados.

Sin embargo, las dos habitaciones estaban patas arriba y mostraban que habían sido bien registradas. En el suelo se amontonaba ropa con los bolsillos del revés; varios cajones habían quedado abiertos; y en la chimenea, donde parecía que habían quemado muchos papeles, había un montón de ceniza del que el inspector recuperó el canto y las matrices quemadas de un talonario de cheques verde. Detrás de una puerta se encontró la otra mitad del bastón, con complacencia del inspector, que así tuvo en la mano una prueba decisiva. Y una visita al banco, donde aún había en la cuenta del asesino unos miles de esterlinas, completó la satisfacción del funcionario.

—¡Ya lo agarré, téngalo por seguro, señor! —le dijo a Utterson—. Pero debe de haber perdido la cabeza, al haber dejado allí el bastón, y, aún más, al haber quemado el talonario de cheques. ¡Eh, sin dinero no puede seguir! Así que no nos queda nada más que esperarlo en el banco y enviar mientras tanto su descripción.

Pero el optimismo del inspector se revelaría exagerado. A Mr. Hyde lo conocían pocas personas (el mismo amo de la camarera testigo del delito lo había visto dos veces en total), y de su familia no se encontró rastro; nunca se lo había fotografiado; y los pocos que lo habían encontrado dieron descripciones contradictorias, como a menudo sucede en estos casos. En algo estaban todos de acuerdo: el fugitivo dejaba una impresión de monstruosa pero inexplicable deformidad.

CAPÍTULO V
EL INCIDENTE DE LA CARTA

Entrada la tarde, Utterson se presentó en casa del doctor Jekyll, donde Poole, por pasillos contiguos a la cocina y luego a través de un patio que durante un tiempo había sido jardín, lo acompañó hasta la baja construcción llamada laboratorio o también, indistintamente, la sala de anatomía. El médico había comprado la casa, efectivamente, a los herederos de un famoso cirujano, e, interesado por la química más que por la anatomía, había cambiado el destino al tosco edificio del fondo del jardín.

El abogado, que era la primera vez que pisaba esa parte de la casa, observó con curiosidad la tétrica estructura sin ventanas, y miró alrededor con una desagradable sensación de extrañeza atravesando el teatro anatómico, un día abarrotado de enfervorizados estudiantes y ahora silencioso, abandonado, con las mesas atestadas de aparatos químicos, el suelo lleno de cajas y paja de embalar y una luz gris que se filtraba a duras penas a través de la cúpula polvorienta. En una esquina de la sala, una pequeña rampa llevaba a una puerta forrada con un paño rojo; y por esta puerta entró finalmente Utterson en el cuarto de trabajo del médico.

Este cuarto, un alargado local lleno de armarios y cristaleras, con un escritorio y un espejo grande inclinable en ángulo, recibía luz de tres polvorientas ventanas, protegidas con verjas, que daban a un patio común. Pero ardía el fuego en la chimenea y ya estaba encendida la lámpara en la repisa, porque también en el patio la niebla ya empezaba a cerrarse. Y allí, junto al fuego, estaba sentado Jekyll con un aire de mortal abatimiento. No se levantó para salir al encuentro de su visitante, sino que le tendió una mano helada, dándole la bienvenida con una voz alterada.

—¿Y ahora? —dijo Utterson apenas se fue Poole—. ¿Has oído la noticia?

Jekyll se estremeció visiblemente.

—Estaba en el comedor —murmuró—, cuando he oído gritar a los vendedores de periódicos en la plaza.

—Solo una cosa —dijo el abogado—. Carew era cliente mío, pero también tú lo eres y quiero saber cómo comportarme. ¡No serás tan loco que quieras ocultar a ese individuo!

—Utterson, lo juro por Dios —gritó el médico—, juro por Dios que ya no lo volveré a ver. Te prometo por mi honor que ya no tendré nada que ver con él en este mundo. Ha terminado todo. Y por otra parte él no tiene necesidad de mi ayuda, tú no lo conoces como yo; está a salvo, perfectamente a salvo; puedes creerme si te digo que nadie jamás oirá hablar de él.

Utterson lo escuchó con profunda perplejidad. No le gustaba nada el aire febril de Jekyll.

—Espero por ti que así sea —dijo—. Saldría tu nombre, si se llega a procesarlo.

—Estoy convencido de ello —dijo el médico—, aunque no pueda contarte las razones. Pero hay algo sobre lo que me podrías aconsejar. He..., he recibido una carta, y no sé si debo enseñársela a la policía. Quisiera dártela y dejarte a ti la decisión; sé que en ti puedo confiar más que en nadie.

—¿Tienes miedo de que la carta pueda poner a la policía tras su pista?

—No, he acabado con Hyde y él ya no me importa —dijo con fuerza Jekyll—. Pero pienso en el riesgo de mi reputación por este asunto abominable.

Utterson se quedó un momento rumiando.

Le sorprendía y aliviaba a la vez el egoísmo del amigo.

—Bien —dijo al final—, veamos la carta.

La carta, firmada «Edward Hyde» y escrita en una extraña caligrafía vertical, decía, en pocas palabras, que el doctor Jekyll —benefactor del firmante, pero cuya generosidad había sido pagada de un modo tan indigno— no tenía que preocuparse por la salvación del remitente, en cuanto este disponía de medios de fuga en los que podía confiar plenamente.

El abogado encontró bastante satisfactorio el tenor de esta carta, que ponía la relación entre los dos bajo una luz más favorable de lo que hubiese imaginado; y se reprochó haber alimentado algunas sospechas.

—¿Tienes el sobre? —preguntó.

—No —dijo Jekyll—. Lo quemé sin pensar en lo que hacía. Pero no tenía matasellos. Fue entregada en mano.

—¿Quieres que lo piense y la tenga mientras tanto?

—Haz libremente lo que creas mejor —fue la respuesta—. Yo ya he perdido toda confianza en mí.

—Bien, lo pensaré —replicó el abogado—. Pero dime una cosa: ¿esa cláusula del testamento, sobre una posible desaparición tuya, te la dictó Hyde?

El médico pareció encontrarse a punto de desfallecer, pero apretó los dientes y lo admitió.

—Lo sabía —dijo Utterson—, ¡tenía intención de asesinarte. ¡Te has librado de una buena!

—¡Ya me he librado, Utterson! He recibido una lección... ¡Ah, qué lección! —dijo Jekyll con voz rota, tapándose la cara con las manos.

Al salir, el abogado se paró a intercambiar unas palabras con Poole.

—Por cierto —dijo—, sé que han traído hoy, en mano, una carta. ¿Quién la trajo?

—Pero ese día no había llegado otra correspondencia que la de correos —afirmó resueltamente Poole—. Y solo circulares —añadió.

Con esta noticia el visitante sintió que reaparecían todos sus temores. Han entregado la carta, pensó mientras se iba, en la puerta del laboratorio; más aún, se había escrito en el mismo laboratorio; y si las cosas eran así, había que juzgarlo de otra forma y tratarlo con mayor cautela.

«¡Edición extraordinaria! ¡Horrible asesinato de un miembro del Parlamento!», gritaban mientras tanto los vendedores de periódicos en la calle.

Es la oración fúnebre por un amigo y cliente, pensó el abogado. Y no pudo no temer que el buen nombre de otro terminase metido en el escándalo. La decisión que debía tomar le pareció muy delicada; y, a pesar de que normalmente fuese muy seguro de sí, empezó a sentir la viva necesidad de un consejo. Es verdad, pensó, que no era un consejo que se pudiera pedir directamente, pero quizá lo habría conseguido de una forma indirecta.

Poco más tarde estaba sentado en su despacho, al lado de la chimenea, y delante de él, en el otro lado, estaba sentado Mr. Guest, su asistente. En un punto intermedio entre los dos, y a una distancia bien calculada del fuego, había una botella de un buen vino añejo, que había pasado mucho tiempo en los cimientos de la casa, lejos del sol. Flujos de niebla seguían oprimiendo la ciudad sumergida, en la que los faroles resplandecían como rubíes y la vida ciudadana, filtrada, amortiguada por esas nubes caídas, rodaba por las grandes arterias con un ruido sordo, como el viento impetuoso. Pero la habitación se alegraba con el fuego de la chimenea, y en la botella se habían disuelto hacía mucho tiempo los ácidos: el color de vivo púrpura, como el matiz de algunas vidrieras, se había hecho más profundo con los años, y un resplandor de cálido otoño, de dorados atardeceres en los viñedos de la colina, iba a descorcharse para dispersar las nieblas de Londres. Insensiblemente, se relajaron los nervios del abogado. No había nadie con quien mantuviera menos secretos que con Mr. Guest, y no siempre estaba seguro, bueno, de haber mantenido cuantos creía. Guest había ido a menudo donde Jekyll por motivos de trabajo, conocía a Poole, y era difícil que no hubiera oído hablar de Mr. Hyde como íntimo de la casa. Ahora habría podido sacar conclusiones. ¿No valía la pena que viese esa carta esclarecedora del misterio? Además, siendo un apasionado y un buen experto en grafología, la confianza le habría parecido totalmente natural. El oficial, por otra parte, era persona de sabio consejo; difícilmente habría podido leer ese documento tan extraño sin dejar de hacer una observación: y quizás así, vaya a saber, Utterson habría encontrado la sugerencia que buscaba.

—Un triste lío —dijo— lo de Sir Danvers.

—Triste, señor. Y ha levantado una gran indignación —dijo Mr. Guest—. Ese hombre, naturalmente, era un loco.

—Querría precisamente su opinión; tengo aquí un documento, una carta de su puño y letra —dijo Utterson—. Se entiende que este escrito queda entre nosotros, porque todavía no sé qué voy a hacer con él; un lío feo es lo menos que se puede decir. Pero he aquí un documento que parece hecho a propósito para usted: el autógrafo de un asesino.

Le brillaron los ojos a Mr. Guest, y un instante después ya estaba inmerso en el examen de la carta, que estudió con apasionado interés.

—No, señor —dijo al final—. No está loco. Pero tiene una caligrafía muy extraña.

—Es extraña desde todos los puntos de vista —dijo Utterson.

Justo en ese momento entró un sirviente con una nota.

—¿Es del doctor Jekyll, señor? Me ha parecido reconocer la caligrafía en el sobre —se interesó el asistente, mientras el abogado desdoblaba el papel—. ¿Algo privado, Mr. Utterson?

—Solo una invitación a comer. ¿Por qué? ¿Quiere verla?

—Solo un momento, gracias —dijo el señor Guest.

Tomó el papel, lo puso junto al otro y procedió a una minuciosa comparación.

—Gracias —repitió al final, devolviendo ambos—. Un autógrafo muy interesante.

Durante la pausa que siguió, Utterson pareció luchar consigo mismo.

—¿Por qué los ha comparado, Guest? —preguntó luego, de repente.

—Bien, señor —dijo el otro—, hay un parecido muy singular; las dos caligrafías tienen una inclinación distinta, pero por lo demás son casi idénticas.

—Muy curioso —dijo Utterson.

—Es un hecho, como decís, muy curioso —dijo Mr. Guest.

—Por lo que yo no hablaría de esta carta.

—No —dijo Guest—. Ni yo tampoco, señor.

Aquella noche, apenas se quedó solo, Utterson metió la carta en la caja fuerte y decidió dejarla allí. «¡Misericordia! —pensó—. ¡Henry Jekyll falsificando una carta para salvar a un asesino!» Y la sangre se le heló en las venas.

CAPÍTULO VI
EL EXTRAORDINARIO INCIDENTE DEL DOCTOR LANYON

Pasó el tiempo. Una recompensa de miles de libras pendía sobre la cabeza del asesino (ya que la muerte de Sir Danvers se había sentido como una afrenta a toda la comunidad), pero Mr. Hyde seguía escapando a la búsqueda como si no hubiera existido nunca. Muchas cosas de su pasado, y todas abominables, habían salido a la luz: se conocieron sus inhumanas crueldades y vilezas, su vida ignominiosa, sus extrañas compañías, el odio que parecía haber inspirado cada una de sus acciones. Pero no había ni el más mínimo rastro sobre el lugar en que se escondía. Desde el momento en que había dejado su casa del Soho, la mañana del delito, Hyde pura y simplemente había desaparecido.

Así, poco a poco, Utterson empezó a reponerse de las peores sospechas y a recuperar algo la calma. La muerte de Sir Danvers, llegó a pensar, está más que pagada con la desaparición de Mr. Hyde. Jekyll parecía haber renacido a nueva vida ahora que ya no sufría esa influencia nefasta. Salido de su aislamiento, volvió a frecuentar a los amigos y a recibirlos con la familiaridad y cordialidad de antes, y si siempre había sobresalido por sus obras de caridad, ahora se distinguía también por su espíritu religioso. Llevaba una vida activa, pasaba mucho tiempo al aire libre, en su mirada se reflejaba la conciencia de quien no pierde ocasión para hacer el bien. Y así, en paz consigo mismo, vivió más de dos meses.

El 8 de enero Utterson había cenado en casa de él con otros amigos, entre ellos también Lanyon, y la mirada de Jekyll había corrido de uno a otro como en los viejos tiempos, cuando los tres eran inseparables. Pero el 12, y de nuevo el 14, el abogado pidió ser recibido y no tuvo éxito.

—El doctor quiere estar solo. No recibe a nadie —dijo Poole.

El 15, tras un nuevo intento y un nuevo rechazo, Utterson empezó a preocuparse. Se había acostumbrado a ver a su amigo casi todos los días, en los últimos dos meses, y esa vuelta a la soledad lo preocupaba y entristecía. La noche después cenó con Guest, y la siguiente fue a casa del doctor Lanyon.

Allí, al menos, fue recibido sin ninguna dificultad; pero se aterrorizó al ver cómo había cambiado Lanyon en pocos días: en la cara, escrita con letras muy claras, se leía su sentencia de muerte. Ese hombre de color saludable estaba pálido, enflaquecido, visiblemente más calvo, más viejo en años; y sin embargo no fueron tanto estas señales de decadencia física las que detuvieron la atención del notario sino una cualidad de su mirada, algunas particularidades del comportamiento, que parecían testimoniar un profundo terror. Era improbable, en un hombre como Lanyon, que ese terror fuese el terror de la muerte; sin embargo, Utterson tuvo la tentación de sospecharlo.

«Sí —pensó—, es médico, sabe que tiene los días contados, y esta certeza lo trastorna.»

Pero cuando, cautamente, el abogado aludió a su mala cara, Lanyon, con valiente firmeza, declaró que sabía que estaba condenado.

—He sufrido un golpe tremendo —dijo—, y sé que no me recuperaré; es cuestión de semanas. Bien, ha sido una vida agradable. Sí, señor, agradable. Vivir me causaba placer. Pero a veces pienso que, si lo supiéramos todo, nos iríamos más contentos.

—También Jekyll está enfermo —dijo Utterson—. ¿Lo has visto?

Lanyon cambió la cara y levantó una mano temblorosa.

—No quiero ver —dijo con voz alta y entrecortada— ni oír hablar jamás del doctor Jekyll. He terminado definitivamente con esa persona; y te ruego que me ahorres todo tipo de alusiones a un hombre que para mí es como si hubiera muerto.

—¡Bueno! —dijo Utterson.

Y luego, tras una larga pausa, agregó:

—¿No puedo hacer nada? Somos tres viejos amigos, Lanyon. No viviremos bastante para hacer otros nuevos.

—Nadie puede hacer nada —respondió Lanyon—. Pregúntaselo a él.

—No quiere verme —dijo el abogado.

—No me extraña —fue la respuesta—. Un día, Utterson, después de que yo haya muerto, sabrás quizás lo que ha pasado. Yo no puedo contártelo. Pero mientras tanto, si te sientes con fuerzas para hablar de otra cosa, quédate aquí y hablemos; de lo contrario, si no consigues no volver sobre ese maldito asunto, te ruego en nombre de Dios que te vayas, porque no podría soportarlo.

Tan pronto como llegó a su casa, Utterson le escribió a Jekyll quejándose de que ya no lo admitieran en su casa y preguntando la razón de la desdichada ruptura con Lanyon. Al día siguiente le llegó una larga respuesta, de tono muy patético en algunos puntos, y en otros, en términos oscuros y ambiguos. La desavenencia con Lanyon era definitiva. «No reprocho a nuestro viejo amigo —escribía Jekyll—, pero tampoco yo lo quiero ver nunca más. De ahora en adelante, por otra parte, llevaré una vida muy retirada. Tú, por lo tanto, no te extrañes y no dudes de mi amistad si mi puerta permanece a menudo cerrada incluso para ti. Deja que me vaya por mi oscuro camino. He atraído sobre mí un castigo y un peligro que no puedo contarte. Si soy el peor de los pecadores pago también la peor de las penas. Nunca habría pensado que en esta tierra se pudieran dar sufrimientos tan inhumanos, terrores tan atroces. Y lo único que puedes hacer, Utterson, para aliviar mi destino, es respetar mi silencio.»

El abogado se quedó consternado. Cesado el oscuro influjo de Mr. Hyde, el médico había vuelto a sus antiguas ocupaciones y amistades; una semana atrás el futuro le sonreía, sus perspectivas eran las de una madurez serena y honorable; y ahora había perdido sus amistades, se había destruido su paz y se había perturbado todo el equilibrio de su vida. Un cambio tan radical e imprevisto hacía pensar en la locura, pero, consideradas las palabras y la postura de Lanyon, debía haber otra razón más oscura.

Una semana más tarde el doctor Lanyon tuvo que meterse en la cama, y murió en menos de quince días. La noche del funeral, al que había asistido con profunda tristeza, Utterson se encerró con llave en su despacho, se sentó a la mesa y, a la luz de una melancólica vela, sacó y puso delante de sí un sobre lacrado. El sello era de su difunto amigo, lo mismo que el rótulo, que decía: «*Personal*: en mano a G. J. Utterson *exclusivamente*, y destruirse cerrado en caso de que muera antes que yo.»

Frente a una orden tan solemne, el abogado renunció casi a seguir adelante. «He enterrado hoy a un amigo —pensó—, ¿y quién sabe si esta carta no puede costarme otro?» Pero luego, leal a sus obligaciones y condenando su miedo, rompió el lacre y abrió el sobre. Dentro había otro, también lacrado y con el rótulo siguiente: «No abrirse nada más que después de la muerte o desaparición del doctor Henry Jekyll.»

Utterson no daba crédito a sus ojos. Sin embargo, la palabra era de nuevo «desaparición», como en el loco testamento que desde hacía ya un tiempo había restituido a su autor. Una vez más, la idea de desaparición y el nombre de Henry Jekyll aparecían unidos. Pero en el testamento la idea había nacido de una siniestra sugerencia de Hyde, por un fin demasiado claro y horrible; mientras aquí, escrita de puño de Lanyon, ¿qué podía significar? El abogado sintió tal curiosidad, que por un instante pensó saltarse la prohibición e ir inmediatamente al fondo de esos misterios. Pero el honor profesional y la lealtad hacia un amigo muerto eran obligaciones demasiado apremiantes; y el sobre se quedó durmiendo en el rincón más alejado de su caja fuerte privada.

Sin embargo, una cosa es mortificar la propia curiosidad y otra es vencerla; y se puede dudar de que Utterson, desde ese día en adelante, desease tanto la compañía de su amigo superviviente. Pensaba en él con afecto, pero sus pensamientos eran distraídos e inquietos.

Aunque iba a visitarlo, sentía quizás alivio cuando no lo recibía; en el fondo, quizá, prefería charlar con Poole a la entrada, al aire libre y en medio de los ruidos de la ciudad, más que ser recibido en aquella casa de prisión voluntaria y sentarse a hablar con su inescrutable recluso. Poole, por otra parte, no tenía noticias agradables que dar. El médico, por lo que parecía, estaba cada vez más a menudo confinado en la habitación de encima del laboratorio, donde incluso dormía a veces; estaba constantemente deprimido y taciturno, ni siquiera leía, parecía presa de un pensamiento que no lo dejaba nunca. Utterson se acostumbró tanto a esas noticias, invariablemente desalentadoras, que poco a poco espació sus visitas.

CAPÍTULO VII
EL EPISODIO DE LA VENTANA

Sucedió que un domingo, cuando Utterson y su amigo, en su paseo habitual, volvieron a pasar por aquella calle, al llegar ante aquella puerta, ambos se detuvieron a mirarla.

—Bien —dijo Enfield—, afortunadamente se acabó aquella historia. Ya no veremos nunca a Mr. Hyde.

—Esperemos —dijo Utterson—. ¿Te he dicho que lo vi una vez y que inmediatamente también yo lo detesté?

—Imposible verlo sin detestarlo —replicó Enfield—. Pero, ¡me habrás juzgado estúpido!

¡No saber que esa puerta es la de atrás de la casa de Jekyll! Luego lo he descubierto, y, en parte, por tu culpa.

—¿Así que lo has descubierto? —dijo Utterson—. Pues, si es así, vamos, ¿por qué no entramos en el patio y damos un vistazo a las ventanas? De verdad, me preocupa mucho el pobre Jekyll, y pienso que una presencia amiga le pueda hacer bien, incluso desde fuera.

El patio estaba frío y húmedo, ya invadido por un precoz crepúsculo, aunque el cielo, en lo alto, estuviese iluminado por el ocaso. Una de las tres ventanas estaba medio abierta; y sentado allí detrás, con una expresión de infinita tristeza en la cara, como un prisionero que toma aire entre rejas, Utterson vio al doctor Jekyll.

—¡Eh! ¡Jekyll! —gritó—. ¡Espero que estés mejor!

—Estoy muy decaído, Utterson —respondió lúgubre el otro—, muy decaído. Pero no me durará mucho, gracias a Dios.

—Estás demasiado en casa —dijo el abogado—. Deberías salir, caminar, activar la circulación como hacemos nosotros dos (¡Mr. Enfield, mi primo! ¡El doctor Jekyll!). ¡Vamos, ponte el sombrero y ven a dar una vuelta con nosotros!

—¡Eres muy amable! —suspiró el médico—. Me gustaría, pero… No, no, no, es imposible; no me atrevo. Pero, de verdad, Utterson, estoy muy contento de verte. Es realmente un gran placer. Y te pediría que subieras con Mr. Enfield, si los pudiera recibir aquí. Pero no es el lugar adecuado.

—Entonces nosotros nos quedamos abajo y hablamos desde aquí —dijo cordialmente Utterson—. ¿No?

—Iba a proponéroslo yo —dijo el médico con una sonrisa.

Pero, apenas había dicho estas palabras, desapareció la sonrisa de golpe y su rostro se contrajo en una mueca de tan desesperado, abyecto terror, que los dos en el patio sintieron helarse. Lo vieron solo un momento, porque instantáneamente se cerró la ventana, pero bastó ese momento para morirse de miedo; se dieron media vuelta y dejaron el patio sin una palabra. Siempre en silencio cruzaron la calle, y solo después de llegar a una más ancha, donde incluso los domingos había más animación, Utterson se volvió por fin y miró a su compañero. Ambos estaban pálidos y en sus ojos había el mismo susto.

—¡Dios nos perdone! ¡Dios nos perdone! —dijo Utterson.

Pero Enfield se limitó gravemente a asentir con la cabeza, y continuó caminando en silencio.

CAPÍTULO VIII
LA ÚLTIMA NOCHE

Utterson estaba sentado junto al fuego una noche, después de cenar, cuando recibió la inesperada visita de Poole.

—¡Qué sorpresa, Poole! ¿Qué lo trae por aquí? —exclamó.

Luego, mirándolo mejor, preguntó con aprensión:

—¿Qué pasa? ¿El doctor está enfermo?

—Mr. Utterson —dijo el criado—, hay algo que no me gusta, que no me gusta nada.

—¡Tome asiento y tranquilícese! Bueno, tome un vaso de vino —dijo el abogado—. Y ahora dígame con claridad qué pasa.

—Bien, señor —dijo Poole—, usted sabe cómo es el doctor y cómo estaba siempre encerrado allí, en la habitación de encima del laboratorio. Pues bien, la cosa no me gusta, señor, que Dios me perdone, pero no me gusta nada. Tengo miedo, Mr. Utterson.

—¡Pero explíquese, buen hombre! ¿De qué tiene miedo?

—Tengo miedo desde hace unos días, quizá desde hace una semana —dijo Poole, eludiendo obstinadamente la pregunta—, y ya no aguanto más.

El criado tenía un aire que confirmaba estas palabras; había perdido sus modales irreprochables, y salvo un instante, cuando había declarado por primera vez su terror, no había mirado nunca a la cara al abogado. Ahora estaba allí con su vaso de vino entre las rodillas, sin haber bebido un sorbo, y con la mirada fija en un rincón de la habitación.

—No aguanto más —repitió.

—¡Vamos, vamos! —dijo el abogado—. Veo que tiene sus buenas razones, Poole, veo que, de verdad, tiene que ser algo serio. Intente explicarme de qué se trata.

—Pienso que se trata…, pienso que se ha cometido un delito —dijo Poole con voz ronca.

—¡Un delito! —gritó el abogado asustado, y por consiguiente propenso a la irritación—. ¿Pero qué delito? ¿Qué quiere decir?

—No me atrevo a decir nada, señor —fue la respuesta—. ¿Pero no querría venir conmigo y verlo usted mismo?

Utterson, por toda respuesta, fue a tomar su sombrero y su gabán; y, mientras se disponían a salir, le impresionó tanto el enorme alivio que se leía en la cara del mayordomo como, quizás aún más, el hecho de que no hubiera probado el vino.

Era una noche fría y ventosa de marzo, con una hoz de luna que se apoyaba de espaldas, como volcada por el viento, entre una fuga de nubes deshilachadas y diáfanas. Las ráfagas que azotaban la cara, haciendo difícil hablar, parecían haber barrido a casi toda la gente de las calles. Utterson no se acordaba de haber visto nunca tan desierta esa parte de Londres. Precisamente ahora deseaba todo lo contrario. Nunca en su vida había tenido una necesidad tan profunda de sus semejantes, de que se hicieran visibles y tangibles a su alrededor, ya que por mucho que lo intentara no conseguía sustraerse a un aplastante sentimiento de desgracia. La plaza, cuando llegaron, estaba llena de aire y polvo, con los finos árboles del jardín central que gemían y se doblaban contra la verja. Poole, que durante todo el camino había ido uno o dos pasos delante, se paró en medio de la acera y se quitó el sombrero, a pesar del frío, para secarse la frente con un pañuelo rojo. Aunque hubiese caminado de prisa, aquel sudor era de angustia, no de cansancio. Tenía la cara blanca, y su voz, cuando habló, estaba rota y ronca.

—Bien, señor, ya estamos —dijo—. ¡Quiera Dios que no haya pasado nada!

—Amén, Poole —dijo Utterson.

Luego el mayordomo llamó cautamente y la puerta se entreabrió, pero sujeta con la cadena.

—¿Es usted, Poole? —preguntó una voz desde dentro.

—Abra, soy yo —dijo Poole.

El salón, cuando entraron, estaba brillantemente iluminado, el fuego de la chimenea ardía con altas llamaradas y todo el servicio, hombres y mujeres, estaba reunido allí como un rebaño de ovejas. Al ver a Utterson, la camarera rompió en lamentos histéricos, y la cocinera gritó:

«¡Bendito sea Dios! ¡Es Mr. Utterson!», y se lanzó como si fuera a abrazarlo.

—¿Y esto? ¿Esto? ¡Están todos aquí! —dijo el abogado con severidad—. ¡Muy mal! ¡Muy inconveniente! ¡A su amo no le gustaría nada!

—Todos tienen miedo —dijo Poole.

Nadie rompió el silencio para protestar. El llanto de lamentos de la camarera de repente se hizo más fuerte.

—¡Cállate un momento! —le gritó Poole con un tono agresivo que traicionaba la tensión de sus nervios.

Por otra parte, todos, cuando la muchacha había levantado el tono de sus lamentos, habían mirado con sobresalto hacia la puerta del fondo, con una especie de expectativa temerosa.

—Y ahora —continuó el mayordomo, dirigiéndose al mozo de cocina— dame una vela, y vamos a ver si ponemos en orden esta situación.

Luego rogó a Utterson que lo siguiera, y le abrió camino atravesando el jardín por atrás.

—Ahora, señor —dijo mientras llegaban al laboratorio—, venga detrás lo más despacio que pueda. Quiero que oiga sin que lo oigan. Y otra cosa, señor: si por casualidad le pidiese entrar allí con él, no lo haga.

El abogado, ante esta inesperada conclusión, tropezó con tanta violencia que casi pierde el equilibrio; pero se recompuso y siguió en silencio al criado, por la sala de anatomía, hasta la corta rampa que llevaba arriba. Aquí Poole le hizo señas de ponerse a un lado y escuchar, mientras él, posada la vela y recurriendo de forma visible a todo su valor, subió las escaleras y llamó, con mano algo insegura, a la puerta forrada con paño rojo.

—Señor, Mr. Utterson solicita verlo —dijo. E hizo de nuevo enérgicamente señas al abogado para que escuchara.

Una voz, desde el interior, respondió lastimosamente:

—Dígale que no puedo ver a nadie.

—Gracias, señor —dijo Poole con un tono que era casi de triunfo. Y tomando la vela, recondujo al abogado por el patio y por la enorme cocina, en la que estaba apagado el fuego y las cucarachas correteaban por el suelo.

—Bien —preguntó, mirando al abogado a los ojos—, ¿era esa la voz de mi amo?

—Parecía muy cambiada —replicó Utterson con la cara pálida, pero devolviendo la mirada con firmeza.

—¿Cambiada, señor? ¡Más que cambiada! ¡No me habré pasado veinte años en casa de este hombre para no reconocer su voz! No, la verdad es que mi amo ya no está, lo han matado hace ocho días, cuando lo hemos oído por última vez que gritaba e invocaba el nombre de

Dios. ¡Y no sé quién está ahí dentro en su lugar, y por qué se queda ahí, pero es algo que clama venganza al cielo, Mr. Utterson!

—Oiga, Poole —dijo Utterson mordiéndose el índice—, esta historia suya es realmente muy extraña, una locura. Porque suponiendo…, o sea suponiendo, como supone usted, que el doctor Jekyll haya sido…, sí, que haya sido asesinado, ¿qué razón podría tener el asesino para quedarse aquí? No, es absurdo, no tiene sentido.

—Bueno, Mr. Utterson, no se puede decir que usted sea fácil de convencer, pero lo conseguiré —dijo Poole—. Tiene que saber que, durante toda la última semana el hombre… o lo que sea… que vive en esa habitación ha estado importunando día y noche para obtener una medicina que no conseguimos encontrarle. Sí, también él…, mi amo, quiero decir… también él algunas veces escribía sus órdenes en un trozo de papel, que tiraba después en la escalera. Pero desde hace una semana no tenemos nada más que esto: trozos de papel, y una puerta cerrada que se abría solo a escondidas, cuando no había nadie que viese quién tomaba la comida que dejábamos allí delante. Pues bien, señor, todos los días, incluso dos o tres veces al día, había nuevas órdenes y quejas que me mandaban a dar vueltas por todas las farmacias de la ciudad. Cada vez que volvía con esos encargos, otro papel me decía que no servía, que no era puro, por lo que, de nuevo, debía ir a buscarlo a otra farmacia. Debe tener una necesidad verdaderamente extraordinaria para lo que le sirva.

—¿Tiene un trozo de papel de esos? —preguntó Utterson.

Poole metió la mano en el bolsillo y sacó un papel arrugado, que el abogado, agachándose sobre la vela, examinó atentamente. Se trataba de una carta dirigida a una casa farmacéutica, y decía así: «El doctor Jekyll saluda atentamente a los Sres. Maw y comunica que la última muestra que le ha sido enviada no responde para lo que se necesita, ya que es impura. El año 18... el Dr. J. adquirió de los Sres. M. una notable cantidad de la sustancia en cuestión. Se ruega, por lo tanto, que miren con el mayor escrúpulo si tienen aún de la misma calidad, y la envíen inmediatamente. El precio no tiene importancia en tanto se trata de algo absolutamente vital para el Dr. J.»

Hasta aquí el tono de la carta era bastante controlado; pero luego, con un repentino golpe de pluma, el ansia del que escribía había tomado la delantera con este agregado: «¡Por el amor de Dios, encuentren esa muestra!»

—¡Qué carta extraña! —dijo Utterson—. Pero —añadió luego bruscamente—, ¿pero cómo la ha abierto?

—La ha abierto el dependiente de Maw, señor —dijo Poole—. Y se ha enojado tanto, que
me la ha tirado como si fuera papel usado.

—La caligrafía es del doctor Jekyll, ¿se ha fijado? —retomó Utterson.

—Creo que se parece —contestó el criado con
alguna duda. Y, añadió, cambiando la voz—. ¿Pero
qué importa la caligrafía? ¡Yo lo he visto a él!

—¿Que lo ha visto? —repitió el abogado—.
¿Y entonces?

—Pues, entonces —dijo Poole—. Entonces
sucedió así. Yo he entrado en la sala de anatomía
por el jardín, y él, por lo que parece, había baja-
do a buscar esa medicina o lo que sea, ya que la
puerta de arriba estaba abierta; y efectivamente
se encontraba allí en el rincón buscando en unas
cajas. Ha levantado la cabeza, cuando he entrado, y con una especie de grito ha echado a correr,
ha desaparecido en un instante de la habitación.

¡Ah, lo he visto solo un momento, señor, pero se me han erizado los pelos de la cabeza! ¿Por qué, si ese era mi amo, por qué llevaba una máscara en la cara? Si era mi amo, ¡por qué ha gritado como una rata y ha huido así, al verme? He estado a su servicio tantos años, y ahora…

El mayordomo se interrumpió con aire tenebroso, pasándose una mano por la cara.

—En realidad son circunstancias muy extrañas —dijo Utterson-. Pero diría que por fin empiezo a ver un poco de claridad. Su amo, Poole, evidentemente ha contraído una de esas enfermedades que no solo torturan al paciente, sino que lo desfiguran. Esto, por cuanto sé, puede explicar perfectamente la alteración de la voz; y explica también la máscara, explica el hecho de que no quiera ver a nadie, explica su ansia de encontrar esa medicina con la que espera aún curarse. ¡Y Dios quiera que así sea, pobre!

Esta es mi explicación, Poole. Es una explicación muy triste, ciertamente, muy dolorosa de aceptar, pero es también simple, clara, natural, y nos libra de peores temores.

—Señor —dijo el otro, mientras su rostro se iba cubriendo de capas y capas de palidez—, esa cosa no era mi amo, y esta es la verdadera verdad. ¡Mi amo —aquí el mayordomo miró alrededor y bajó la voz casi hasta un susurro— es alto y fuerte, y eso era casi un enano!… Ah —exclamó interrumpiendo al abogado, que intentaba protestar—, ¿piensa que no habría reconocido a mi amo después de veinte años? ¿Piensa que no sé dónde llega con la cabeza, pasando por una puerta, después de haberlo visto todas las mañanas de mi vida? No, señor, esa cosa enmascarada no ha sido nunca el doctor Jekyll. ¡Dios sabe lo que es, pero no ha sido nunca el doctor Jekyll! Para mí, se lo repito, lo único seguro es que aquí ha habido un delito.

—Y bien —dijo Utterson—. Y si así lo cree, mi obligación es ir al fondo de las cosas. Por más que quiero respetar la voluntad de su amo, por más que su carta parece probar que está todavía vivo, mi obligación es echar esa puerta abajo.

—¡Ah, así se habla! —gritó el mayordomo.

—Pero veamos. ¿Quién la va a echar abajo?

—Pues bien, usted y yo, señor —fue la firme respuesta.

—Muy bien dicho —replicó el abogado—. Y suceda lo que suceda, Poole, usted no tendrá nada de qué arrepentirse.

—En la sala de anatomía hay un hacha —continuó el mayordomo—, y usted podría tomar el atizador.

El abogado agarró con la mano ese rústico y fuerte instrumento y lo sopesó.

—¿Sabe, Poole —dijo levantando la cabeza-, que nos enfrentamos a un cierto peligro?

—Sí, señor, lo sé.

—Entonces hablemos con franqueza. Los dos pensamos más de lo que hemos dicho. ¿Ha reconocido a esa figura enmascarada que vio?

—Mire. Ha desaparecido tan de prisa, y corría tan encorvada, que no podría realmente jurarle… Pero, si me pregunta si creo que fuese Mr. Hyde, entonces tengo que decirle que sí. Tenía el mismo cuerpo y el mismo estilo ágil de moverse. ¿Y después de todo, quién, si no él, habría podido entrar por la puerta del laboratorio? No hay que olvidar que cuando asesinó a Sir Danvers tenía aún la llave. Pero eso no es todo. No sé si usted, Mr. Utterson, se ha encontrado con Mr. Hyde.

—Sí —dijo el notario—. He hablado con él una vez.

—Entonces se habrá dado cuenta, como todos nosotros, de que tenía algo de horriblemente…, no sé cómo decirlo…, algo que le helaba a uno la médula.

—Sí, debo decir que también yo he tenido una sensación de ese tipo.

—No me extraña, señor. Pues bien, cuando esa cosa enmascarada, que estaba allí rebuscando entre las cajas, se marchó como un mono y desapareció en la habitación de arriba, yo sentí que me corría por la espalda un escalofrío de hielo. ¡Ah, ya sé que no es una prueba, Mr. Utterson, pero un hombre sabe lo que siente, y yo juraría sobre la Biblia que ese era Mr. Hyde!

—Tengo miedo de que tenga razón —dijo Utterson—. Ese maldito vínculo, nacido del mal, no podía llevar más que a otro mal. Por desgracia, le creo. También yo pienso que el pobre Harry ha sido asesinado y que el asesino está todavía en esa habitación, Dios sabe por qué. Pues bien, que nuestro nombre sea venganza. Llame a Bradshaw.

El camarero llegó nervioso y muy pálido.

—¡Tranquilícese, Bradshaw! —dijo el abogado—. Esta espera los ha sometido a todos a una dura prueba, lo entiendo, pero ya hemos decidido terminar. Poole y yo iremos al laboratorio y forzaremos esa puerta. Si nos equivocamos, tengo anchas espaldas para responder de todo. Pero mientras tanto, por si acaso en realidad se ha cometido un crimen y el criminal intenta huir por la puerta de atrás, usted y el muchacho de cocina vayan allí y quédense de guardia con dos buenos garrotes. Les damos diez minutos para alcanzar sus puestos —concluyó mirando el reloj—. Y nosotros vayamos a los nuestros —le dijo luego a Poole, retomando el atizador y saliendo primero al patio.

Nubes muy densas tapaban la luna, la noche se había oscurecido, y el viento, que en la profundidad del patio llegaba solo a ráfagas, hacía que la llama de la vela oscilase. Llegados por fin a cubierto en el laboratorio, los dos se sentaron en muda espera. Londres hacía oír alrededor su sordo murmullo, pero en el laboratorio todo era silencio, a excepción de un rumor de pasos que iban de arriba abajo en la habitación de arriba.

—Así pasea todo el día, señor —murmuró Poole—, y también durante casi toda la noche. Solo cuando le traía una de esas muestras tenía un poco de reposo. ¡Ah, no hay peor enemigo del sueño que la mala conciencia! ¡Hay sangre derramada en cada uno de esos pasos! Pero escuche bien, escuche mejor, Mr. Utterson, y dígame: ¿son los pasos del doctor?

Los pasos, aunque lentos, eran extrañamente elásticos y ligeros, bien distintos de esos seguros y pesados de Henry Jekyll.

—¿Y no ha oído nada más? —preguntó el notario.

Poole admitió.

—Una vez —susurró—, una vez lo he oído llorar.

—¿Llorar? —dijo Utterson con un nuevo escalofrío de terror—. ¿Cómo?

—Llorar como una mujer, como un alma en pena —dijo el mayordomo—. Tanto que, cuando me fui, casi lloraba yo también, por el peso que tenía en el corazón.

Casi habían pasado los diez minutos. Poole agarró el hacha de un montón de paja de embalaje, puso la vela de forma que alumbrase la puerta, y ambos, encima de la escalera, se acercaron conteniendo la respiración, mientras los pasos seguían de arriba abajo, de abajo arriba, en el silencio de la noche.

—¡Jekyll, quiero verte! —gritó fuerte Utterson. Y después de haber esperado una respuesta que no llegó, continuó:

—Te advierto que ya sospechamos lo peor, por lo que tengo que verte, y te veré, por las buenas o por las malas. ¡Abre!

—¡Utterson, por el amor de Dios, ten piedad! —dijo la voz.

—¡Ah, este no es Jekyll —gritó el abogado—, esta es la voz de Hyde! ¡Abajo la puerta, Poole!

Poole levantó el hacha y lanzó un golpe que tronó en toda la casa, arrancando casi la puerta de los goznes y de la cerradura. Desde dentro vino un grito horrible, de puro terror animal.

De nuevo cayó el hacha, y de nuevo la puerta pareció saltar del marco. Pero la madera era gruesa, los herrajes muy sólidos, y solo al quinto golpe la puerta arrancada cayó hacia dentro sobre la alfombra.

Los sitiadores se retrajeron un poco, impresionados por su propia bulla y por el silencio total que siguió, antes de mirar dentro. La habitación estaba alumbrada por la luz tranquila de la vela, y un buen fuego ardía en la chimenea, donde la tetera silbaba su débil canción. Un par de cajones abiertos, los papeles en orden en el escritorio, y en el rincón junto al fuego estaba preparada una mesita para el té. Si no hubiera sido por los armarios de cristal con los instrumentos de química se habría podido hablar de la habitación más tranquila de Londres, e incluso de la más normal.

Pero allí en el medio, en el suelo, yacía el cuerpo dolorosamente contraído y aún palpitante de un hombre. Los dos se acercaron de puntillas y, cautamente, le dieron vuelta sobre la espalda: era Mr. Hyde. El hombre vestía un traje demasiado grande para él, un traje de la talla de Jekyll, y los músculos de la cara todavía le temblaban como por una apariencia de vida.

Pero la vida ya se había ido, y por la ampolla rota en la mano contraída, por el olor a almendras amargas en el aire, Utterson supo que estaba mirando el cadáver de un suicida.

—Hemos llegado demasiado tarde —dijo bruscamente—, tanto para salvar como para castigar. Hyde se ha ido a rendir cuentas, Poole, y a nosotros no nos queda más que encontrar el cuerpo de su amo.

El edificio comprendía fundamentalmente la sala de anatomía, que ocupaba casi toda la planta baja y recibía luz por una cristalera en el techo, mientras que la habitación de arriba formaba un primer piso por la parte del patio. Entre la sala de anatomía y la puerta de la calle había un corto pasillo, que comunicaba con la habitación de arriba mediante una segunda rampa de escaleras. Además, había varios cuartos oscuros y un amplio sótano. Todo esto, ahora, se registró a fondo.

Para los cuartos bastó un vistazo, porque estaban vacíos y, a juzgar por el polvo, nadie los había abierto desde hacía tiempo. En cuanto al sótano, estaba lleno de cosas inservibles, seguramente de tiempos del cirujano que lo había habitado antes que Jekyll; y, de todas formas, se comprendió enseguida que buscar allí era inútil por el tapiz de telarañas que bloqueaba la escalera. Pero no se encontraron en ningún sitio rastros de Jekyll ni vivo ni muerto.

Poole pegó con el pie en las losas del pasillo.

—Debe de estar sepultado aquí —dijo escuchando a ver si el suelo resonaba a vacío.

—¿Puede haber huido por allí? —dijo Utterson, indicando la puerta de la calle.

Se acercaron a examinarla y la encontraron cerrada con llave. La llave no estaba, pero luego la vieron en el suelo allí cerca, ya oxidada. Poole la recogió.

—Tiene pinta de que no la han usado hace mucho —dijo el abogado.

—¿Usado? —dijo Poole—. Si está rota, señor, ¿no lo ve? ¡Como si la hubieran pisoteado!

—También la rotura está oxidada —observó el otro.

Los dos se quedaron mirándose asustados.

—Esto supera toda comprensión. Volvamos arriba, Poole —dijo por fin Utterson.

Subieron en silencio y, con una mirada atemorizada al cadáver, procedieron a un examen más minucioso de la habitación. En un banco encontraron los restos de un experimento químico, con montoncitos de sal blanca ya dosificados en distintos tubos y que se habían quedado allí, como si el experimento hubiese sido interrumpido.

—Es la misma sustancia que le he traído siempre —dijo Poole.

En ese momento, con un rumor que los hizo estremecer, el agua hirviendo rebosó la tetera, atrayéndolos junto al fuego. Aquí estaba todo preparado para el té en la mesita cerca del sillón; estaba hasta el azúcar en la taza. En la misma mesa había un libro abierto, tomado de una estantería cercana, y Utterson lo hojeó desconcertado: era un libro de teología que Jekyll le había comentado que le gustaba, y que llevaba en sus márgenes increíbles blasfemias de su puño y letra.

Continuando su inspección, los dos llegaron ante el alto espejo inclinable, y se pararon a mirar con instintivo horror en sus profundidades.

Pero el espejo, en su ángulo, reflejaba solo el rojizo juego de resplandores del techo, el centelleo del fuego cien veces repetido en los cristales de los armarios, y sus mismos rostros pálidos y asustados, agachados para mirar.

—Este espejo debe de haber visto cosas extrañas, señor —susurró Poole con voz atemorizada.

—Pero ninguna más extraña que él mismo —dijo el abogado en el mismo tono—. Pues Jekyll, ¿para qué…?

Se interrumpió, como asustado de su misma pregunta.

—Pues Jekyll —añadió—, ¿para qué lo quería aquí?

—Es lo que quisiera saber también yo, señor —dijo Poole.

Pasaron a examinar el escritorio. Aquí, entre los papeles bien ordenados, había un sobre grande con este rótulo de puño y letra del médico: «Para Mr. Utterson.» El abogado lo abrió y sacó una hoja, mientras otra hoja y un sobre lacrado se caían al suelo.

La hoja era un testamento, y estaba redactado en los mismos términos excéntricos del que

Utterson le había devuelto seis meses antes, o sea, debía servir de testamento en caso de muerte, y como acto de donación en caso de desaparición. Pero, en lugar de Edward Hyde, como nombre del beneficiario, el notario tuvo la sorpresa de leer: «Gabriel John Utterson.» Miró asustado a Poole, luego de nuevo la hoja y, por fin, al cadáver en el suelo.

—No entiendo —dijo—. ¡Ha estado aquí todo este tiempo, libre de hacer lo que quisiera, y no ha destruido este documento! Y sin embargo debe de haber tragado rabia, porque yo no le caía bien precisamente.

Recogió la otra hoja, una nota escrita también de puño y letra de Jekyll.

—¡Ah, Poole, estaba vivo y hoy estaba aquí! —gritó leyendo la fecha—. ¡No han podido matarlo y haberlo hecho desaparecer en tan poco tiempo, debe de estar vivo, debe de haber huido! ¿Huir por qué? ¿Y cómo? ¿Y no podría darse el caso de que en realidad no haya sido un suicidio? ¡Ah, tenemos que estar muy atentos! ¡Podríamos encontrar a su amo metido en un lío terrible!

—¿Por qué no lee la nota, señor?

—Porque tengo miedo —dijo pensativo Utterson—. ¡Quiera Dios que no haya razón alguna!

Y puso los ojos en el papel, que decía:

Querido Utterson:

Cuando leas estas líneas yo habré desaparecido. No sé prever con precisión cuándo, pero mi instinto, las mismas circunstancias de la indescriptible situación en la que me encuentro me dicen que el final es seguro y que no podrá tardar. Tú, en primer lugar, lee tu carta que Lanyon me dijo que te había escri-

to. Y si luego tienes todavía ganas de saber
más, lee la confesión de tu indigno y desgra-
ciado amigo

Henry Jekyll

—¿No había alguna cosa más? —preguntó
Utterson cuando lo leyó.

—Esto, señor —dijo Poole, entregando un
sobre lacrado en varios puntos.

El abogado metió en el bolso el sobre y do-
bló la nota.

—No diré nada de esta nota —recomendó—.
Si su amo ha escapado y está muerto, podremos
al menos salvar su reputación. Ahora son las diez.
Voy a casa a leer estos documentos con calma,
pero volveré antes de medianoche. Y entonces
pensaremos si conviene llamar a la policía.

Salieron y cerraron tras de sí la puerta del laboratorio. Luego Utterson, dejando de nuevo

todo el servicio reunido en el salón, volvió a pie a su casa, para leer los documentos con los que esperaba que el misterio quedara aclarado.

CAPÍTULO IX
EL RELATO DEL DOCTOR LANYON

El nueve de enero, hace cuatro días, recibí con la correspondencia de la tarde una carta certificada, enviada por mi colega y antiguo compañero de estudios Henry Jekyll. Fue algo que me sorprendió bastante, ya que no teníamos la costumbre de escribirnos cartas. Por otra parte, había visto a Jekyll la noche anterior, más aún, había estado cenando en su casa, y no veía qué motivo pudiese justificar entre nosotros la formalidad de una misiva certificada. He aquí lo que decía:

9 de enero de 18...

Querido Lanyon:

Tú eres uno de mis más viejos amigos, y no recuerdo que nuestro afecto haya sufrido quiebra alguna, al menos por mi parte, aunque hayamos tenido divergencias en cuestiones científicas. No ha habido un día en el que si tú me hubieras dicho «Jekyll, mi vida y mi honor, hasta mi razón dependen de ti», no habría dado mi mano derecha para ayudarte. Hoy, Lanyon, mi vida, mi honor y mi razón están en tus manos; si esta noche no me ayudas tú, estoy perdido. Después de este preámbulo, sospecharás que quiero pedirte algo comprometedor. Juzga por ti mismo. Lo que te pido en primer lugar es que aplaces cualquier compromiso de esta noche, aunque te llamasen a la cabecera de un rey. Te pido luego que solicites un coche de caballos, a no ser que tengas el tuyo en la puerta, y que te desplaces sin demora hasta mi casa. Poole, mi mayordomo, tiene ya instrucciones: lo encontrarás esperándote con un herrero, que se encargará de forzar la cerradura de mi despacho encima del laboratorio. Tú entonces tendrás que entrar solo, abrir el primer armario con cristalera a la izquierda (letra E) y sacar, con todo el contenido como está, el cuarto cajón de arriba, o sea (que es lo mismo) el tercer cajón de abajo. En mi extrema agitación, tengo el terror de darte indicaciones erróneas; pero, aunque me equivocase, reconocerás sin duda el cajón por el contenido: unos polvos, una ampolla, un cuaderno. Te ruego que tomes este cajón y, siempre exactamente como está, lo lleves a tu casa de Cavendish Square. Esta es la primera parte del encargo que te pido. Ahora viene la segunda.

Si vas a mi casa ni bien recibas esta carta, estarías de vuelta en la tuya mucho antes de medianoche. Pero te dejo este margen, tanto por el temor de un contratiempo imprevisto, como porque, en lo que queda por hacer, es preferible que el servicio ya se haya ido a la cama. A medianoche, por lo tanto, te pido que hagas entrar tú mismo y recibas en tu despacho a una persona que se presentará en mi nombre, y a la que entregarás el cajón del que te he hablado. Con esto habrá terminado tu parte y tendrás toda mi gratitud. Pero cinco minutos más tarde, si insistes en una explicación, entenderás también la vital importancia de cada una de mis instrucciones: simplemente olvidándose de una, por increíble que pueda parecer, habrías tenido sobre la conciencia mi muerte o la destrucción de mi razón. A pesar de que sé que harás escrupulosamente lo que te pido, el corazón me falla y me tiembla la mano simplemente con pensar que no sea así. *Piensa en mí, Lanyon, que en esta hora terrible espero en un lugar extraño, presa de una desesperación que no se podría imaginar más negra, y, sin embargo, seguro de que se hará precisamente como te he dicho, todo se resolverá como al final de una pesadilla. Ayúdame, querido Lanyon, y salva a tu H. J.*

PS. Iba a enviarlo, cuando me ha venido una nueva duda. Puede que el correo me traicione y la carta no te llegue antes de mañana. En este caso, querido Lanyon, ocúpate del cajón cuando te venga mejor en el transcurso del día, y de nuevo espera a mi enviado a medianoche. Pero podría ser demasiado tarde entonces. En ese caso ya no vendrá nadie, y sabrás que nadie volverá a ver a Henry Jekyll.

No dudé, cuando acabé de leer, que mi colega estuviera loco, pero mientras tanto me sentí obligado a hacer lo que me pedía. Cuanto menos entendía ese confuso mensaje menos capacidad tenía de juzgar su importancia; pero una llamada en esos términos no podía ser ignorada sin una grave responsabilidad. Me di prisa en llamar un coche y fui inmediatamente a casa de Jekyll.

El mayordomo me estaba esperando. También él había recibido instrucciones por carta certificada aquella misma tarde, y ya había mandado llamar a un herrero y a un carpintero. Los dos artesanos llegaron mientras estábamos aún hablando, y todos juntos pasamos a la sala de anatomía del doctor Denman, desde la cual (como ya sabrás) se accede por una escalera al cuarto de trabajo de Jekyll. La puerta era muy sólida, con un herraje excepcional, y el carpintero advirtió que si hubiera tenido que romperla habría encontrado dificultades. El herrero se desesperó con esa cerradura durante casi dos horas, pero conocía su oficio, y al final consiguió abrirla. Con respecto al armario marcado con la E, no estaba cerrado con llave. Tomé, por lo tanto, el cajón, lo envolví en un papel de embalar después de llenarlo con paja, y me volví con él a Cavendish Square.

Aquí procedí a examinar mejor el contenido. Los polvos estaban en papeles muy bien envueltos, pero debía de haberlos preparado Jekyll, ya que les faltaba esa precisión del farmacéutico. Al abrir uno, encontré lo que me pareció simple sal cristalizada, de color blanco. La ampolla estaba a medio llenar con una tintura rojo sangre, de un olor muy penetrante, que debía de contener fósforo y algún éter volátil, entre otras sustancias que no pude identificar. El cuaderno era un cuaderno vulgar de apuntes y contenía principalmente fechas. Estas, por lo que noté, cubrían un periodo de muchos años, pero se interrumpían bruscamente casi un año antes; algunas iban acompañadas de una corta anotación, o más a menudo de una sola palabra, «doble», que aparecía seis veces entre varios cientos, mientras junto a una de las primeras fechas se leía «Fracaso total» con varios signos de exclamación.

Todo esto excitaba mi curiosidad, pero no me aclaraba nada. Una ampolla, unas sales y un cuaderno de apuntes sobre una serie de experimentos que Jekyll (a juzgar por otras investigaciones suyas) habría hecho sin algún fin práctico. ¿Cómo era posible que el honor de mi extravagante colega, su razón, su misma vida dependiesen de la presencia de esos objetos en mi casa? Si el enviado podía ir a tomarlos en un lugar, ¿por qué no a otro? E incluso, si por cualquier motivo no podía, ¿por qué tenía que recibirlo en secreto? Cuanto más reflexionaba, más me convencía de que estaba frente a un desequilibrado. Por lo que, aunque mandé a la cama al servicio, cargué un viejo revólver, por si tenía necesidad de defenderme.

Apenas habían dado las doce campanadas de medianoche en Londres, cuando oí que llamaban muy suavemente a la puerta de entrada. Fui a abrir yo mismo, y me encontré a un hombre bajo, de cuerpo diminuto, medio agazapado contra una de las columnas.

—¿Viene de parte del doctor Jekyll? —pregunté.

Lo admitió con un gesto cohibido, y mientras le decía que pasara miró furtivamente para atrás. Algo lejos, en la oscuridad de la plaza, había un guardia que venía con una linterna, y me pareció que mi visitante se sobresaltó al verlo, apresurándose a entrar.

Tengo que decir que todo esto me causó una pésima impresión, por lo que le abrí camino teniendo una mano en el revólver. Luego, en el despacho bien iluminado, pude por fin mirarlo bien. Estaba seguro de que no lo había visto antes nunca. Era pequeño, como he dicho, y particularmente me impresionó la extraña asociación en él de una gran vivacidad muscular con una evidente deficiencia de constitución.

Me impresionaron también su expresión malvada y, quizás aún más, el extraordinario malestar que me daba su simple presencia. Esta sensación particular, semejante de algún modo a un escalofrío incipiente, acompañado por una notable reducción del pulso, la atribuí entonces a una especie de idiosincrasia mía, de mi aversión personal, y me extrañé solo de la agudeza de los síntomas; pero ahora pienso que la causa hay que buscarla mucho más profundamente en la naturaleza del hombre, y en algo más noble que en el simple principio del odio.

Aquel hombre (que, desde el principio, me había despertado, si así se puede decir, una curiosidad llena de disgusto) estaba vestido de un modo que habría hecho reír, si se hubiera tratado de una persona normal. Su traje, aunque de buena tela y elegante hechura, era desmesuradamente grande para él; los anchísimos pantalones estaban muy enrollados, pues de lo contrario los iría arrastrando; y la cintura de la chaqueta le llegaba por debajo de las caderas, mientras que el cuello se le caía por la espalda. Pero, curiosamente, este vestir grotesco no me causó risa. La anormalidad y deformidad esencial del individuo que tenía delante, y que suscitaba la extraordinaria repugnancia que he dicho, parecía convenir con esa otra extrañeza, y resultaba reforzada. Por lo que añadí a mi interés por el personaje en sí una viva curiosidad por su origen, su vida, su fortuna y su condición social.

Estas observaciones, tan largas de contar, las hice en pocos segundos. Mi visitante ardía con una ansiedad amenazadora.

—¿Lo tiene? ¿Lo tiene aquí? —gritó, y en su impaciencia hasta me echó una mano al brazo.

Lo rechacé con un sobresalto. El contacto de esa mano me había hecho estremecer.

—Por favor, señor —dije—, usted olvida que todavía no he tenido el gusto de conocerlo. Le pido que se siente.

Le di el ejemplo sentándome yo mismo y buscando asumir mi comportamiento habitual, como con un paciente cualquiera, en la medida en que me lo consentía la hora insólita, la naturaleza de mis preocupaciones y la repugnancia que me inspiraba el visitante.

—Tiene razón y le pido que me disculpe, doctor Lanyon —dijo con bastante cortesía—. La impaciencia se ha impuesto a mis modales. Pero estoy aquí, a instancias de su colega el doctor Jekyll, por un asunto muy urgente. Por lo que tengo entendido...

Se interrumpió llevándose una mano a la garganta y me di cuenta de que estaba a punto de sufrir un ataque de histeria, aunque luchase por mantener la compostura.

—Por lo que tengo entendido —reanudó con dificultad—, se trata de un cajón que...

Pero aquí tuve piedad de su angustia y quizás un poco también de mi creciente curiosidad.

—Ahí está, señor —dije señalando el cajón que estaba en el suelo detrás de una mesa, aún con su embalaje.

Lo tomó de un salto y luego se paró con una mano en el corazón; podía oír el rechinar de sus dientes, por la contracción violenta de sus mandíbulas, y la cara era tan espectral que temía tanto por su vida como por su razón.

—Intente calmarse —dije.

Me dirigió una sonrisa horrible, y con la fuerza de la desesperación deshizo el embalaje.

Cuando luego vio que todo estaba allí, su grito de alivio fue tan fuerte que me dejó de piedra. Pero en un instante se calmó y recobró el control de la voz.

—¿Tiene usted un vaso graduado? —preguntó.

Me levanté con cierto esfuerzo y fui a buscar lo que pedía.

Me lo agradeció con una inclinación, y midió una dosis de la tintura roja, a la que añadió una medida ínfima de polvos. La mezcla, al principio rojiza, según se iban disolviendo los cristales se hizo de un color más vivo, entrando en audible efervescencia y emitiendo vapores.

Luego, de repente, y a la vez, cesó la ebullición y se hizo de un intenso rojo púrpura, que a su vez lentamente desapareció, dejando su lugar a un verde acuoso.

Mi visitante, que había seguido atentamente estas metamorfosis, sonrió de nuevo y puso el vaso en la mesa, escrutándome con aire inquisitivo.

—Y ahora —dijo—, veamos lo demás. ¿Quiere ser prudente y seguir mi consejo? Entonces deje que yo tome este vaso y me vaya sin más de su casa. ¿O su curiosidad es tan grande, que la quiere saciar a cualquier costo? Piénselo antes de contestar, porque se hará como usted decida. En el primer caso se quedará como está ahora, ni más rico ni más sabio que antes, a no ser que el servicio prestado a un hombre en peligro de muerte pueda contarse como una especie de riqueza del alma. En el otro caso, nuevos horizontes del saber y nuevas perspectivas de fama, de poder se abrirán de repente aquí ante usted, porque asistirá a un prodigio que sacudiría la incredulidad del mismo Satanás.

—Señor —respondí, manifestando una frialdad que estaba lejos de poseer—, dado que habla con enigmas, no le extrañará que lo haya escuchado sin convencimiento. Pero he ido demasiado lejos en este camino de encargos inexplicables, para pararme antes de ver adónde llevan.

—Como quiera —dijo mi visitante.

Y añadió:

—Pero recuerda tu juramento, Lanyon: ¡lo que vas a ver está bajo el secreto de nuestra profesión! Y ahora tú, que durante mucho tiempo has estado parado en los puntos de vista más restringidos y materiales, tú, que has negado las virtudes de la medicina trascendental, tú, que te has reído de quien te era superior, ¡mira!

Se llevó el vaso a los labios y se lo bebió de un trago. Luego gritó, vaciló, se agarró a la mesa para no caerse, y agarrado así se quedó mirándome jadeante, con la boca abierta y los ojos inyectados de sangre. Pero de alguna forma ya había cambiado, me pareció, y de repente pareció hincharse, su cara se puso negra, sus rasgos se alteraron como si se fundieran...

Un instante después me levanté de un salto y retrocedí contra la pared con el brazo doblado como si quisiera defenderme de esa visión increíble.

—¡Dios!... —grité.

Y aún perturbado por el terror:

—¡Dios!... ¡Dios!...

Porque allí, delante de mí, pálido y vacilante, sacudido por un violento temblor, dando manotazos como si saliera del sepulcro, estaba Henry Jekyll.

Lo que me dijo en la hora que siguió no puedo decidirme a escribirlo. He visto lo que he visto, he oído lo que he oído, y tengo el alma deshecha. Sin embargo, ahora que se ha alejado esa visión, me pregunto si en realidad lo creo y no sé qué responderme. Mi vida ha sido sacudida desde las raíces; el sueño me ha abandonado, y el más mortal de los terrores me oprime en cada hora del día y de la noche; siento que tengo los días contados, pero siento que moriré incrédulo. Respecto a las obscenidades morales que ese hombre me reveló, no sabría recordarlas sin horrorizarme de nuevo. Te diré solo una cosa, Utterson, y si puedes creerlo será suficiente: ese ser que se escurrió en mi casa aquella noche, ese, por admisión del mismo Jekyll, era el ser llamado Mr. Hyde y buscado en todos los rincones del país por el asesinato de Carew.

Hastie Lanyon.

CAPÍTULO X
HENRY JEKYLL EXPLICA
LO SUCEDIDO

He nacido en 18…, heredero de una gran fortuna y dotado de excelentes cualidades. Inclinado por naturaleza a la laboriosidad, ambicioso sobre todo por conseguir la estima de los mejores, de los más sabios entre mis semejantes, todo parecía prometerme un futuro brillante y honrado. El peor de mis defectos era una cierta impaciente vivacidad, una inquieta alegría que muchos hubieran sido felices de poseer, pero que yo encontraba difícil de conciliar con mi prepotente deseo de ir siempre con la cabeza bien alta, exhibiendo en público un aspecto de particular seriedad.

Así fue como empecé muy pronto a esconder mis gustos, y cuando, llegados los años de la reflexión, puesto a considerar mis progresos y mi posición en el mundo, me encontré ya encaminado en una vida de profunda duplicidad. Muchos incluso se habrían vanagloriado de algunas ligerezas, de algunos desarreglos que yo, por la altura y ambición de mis miras, consideraba por el contrario una culpa y escondía con vergüenza casi morbosa. Más que defectos graves, fueron por lo tanto mis aspiraciones excesivas a hacer de mí lo que he sido, y a separar en mí, más radicalmente que en otros, esas dos zonas del bien y del mal que dividen y componen la doble naturaleza del hombre. Mi caso me ha llevado a reflexionar durante mucho tiempo y a fondo sobre esta dura ley de la vida, que está en el origen de la religión y también, sin duda, entre las mayores fuentes de infelicidad.

Por doble que fuera, no he sido nunca lo que se dice un hipócrita. Los dos lados de mi carácter estaban igualmente afirmados: cuando me abandonaba sin freno a mis placeres vergonzosos, era exactamente el mismo que cuando, a la luz del día, trabajaba por el progreso de la ciencia y el bien del prójimo.

Pero sucedió que mis investigaciones científicas, decididamente orientadas hacia lo místico y lo trascendental, confluyeron en las reflexiones que he dicho, derramando una viva luz sobre esta conciencia de guerra perenne de mí conmigo mismo. Tanto en el plano científico como en el moral, fui por lo tanto gradualmente acercándome a esa verdad, cuyo parcial descubrimiento me ha conducido más tarde a un naufragio tan tremendo: el hombre no es solo uno, sino dos. Y digo dos, porque mis conocimientos no han ido más allá. Otros seguirán, otros llevarán adelante estas investigaciones, y no hay que excluir que el hombre, en un último análisis, pueda revelarse como una mera asociación de sujetos distintos, incongruentes e independientes. Yo, por mi parte, por la naturaleza de mi vida, he avanzado infaliblemente en una única dirección.

Ha sido por el lado moral, y sobre mi propia persona, donde he aprendido a reconocer la fundamental y originaria dualidad del hombre. Considerando las dos naturalezas que se disputaban el campo de mi conciencia, entendí que se podía decir, con igual verdad, que si las dos eran mías era porque se trataba de dos naturalezas distintas; y muy pronto, mucho antes de que mis investigaciones científicas sugirieran la posibilidad de un milagro así, aprendí a cobijar con placer, como en un bonito sueño con los ojos abiertos, el pensamiento de una separación de los dos elementos. Si estos, me decía, pudiesen encarnarse en dos identidades separadas, la vida se haría mucho más soportable. El injusto se iría por su camino, libre de las aspiraciones y de los remordimientos de su más austero gemelo; y el justo podría continuar seguro y voluntarioso por el recto camino en el que se complace, sin tener que cargar vergüenzas y remordimientos por culpa de su malvado socio. Es una maldición para la humanidad, pensaba, que estas dos mitades incongruentes se encuentren ligadas así, que estos dos gemelos enemigos tengan que seguir luchando en el fondo de una sola y angustiosa conciencia.

¿Pero cómo hacer para separarlos?

Estaba siempre en este punto cuando, como he dicho, mis investigaciones de laboratorio empezaron a echar una luz inesperada sobre la cuestión. Empecé a percibir, mucho más a fondo de lo que nunca se hubiese reconocido, la trémula inmaterialidad, la vaporosa inconsistencia del cuerpo, tan sólido en apariencia, del que estamos revestidos. Descubrí que algunos agentes químicos tenían el poder de sacudir y soltar esa vestidura de carne, como el viento hace volar las cortinas de una tienda.

Tengo dos buenas razones para no entrar demasiado en detalles en esta parte científica de mi confesión. La primera, porque he aprendido que cada hombre carga con su destino a lo largo de toda su vida, y que cuando intenta sacudírselo de los hombros vuelve a caer sobre él con un peso aún mayor y más extraño. La segunda razón es que mi descubrimiento, como por desgracia resultará evidente por este escrito, ha quedado incompleto. Me limitaré a decir, por lo tanto, que no solo reconocí en mi cuerpo, en mi naturaleza física, la mera emanación o efluvio de algunas facultades de mi espíritu, sino que elaboré una sustancia capaz de debilitar esa facultad y suscitar una segunda forma corpórea, no menos natural en mí en cuanto expresión de otros poderes, aunque más viles, de mi misma alma.

Dudé bastante antes de pasar de la teoría a la práctica. Sabía bien que arriesgaba la vida, porque estaba clara la peligrosidad de una sustancia tan potente que penetrase y removiese desde los cimientos la misma fortaleza de la identidad personal: habría bastado el mínimo error de dosificación, la mínima contraindicación, para borrar completamente ese inmaterial tabernáculo que intentaba cambiar. Pero la tentación de aplicar un descubrimiento tan singular y profundo era tan grande, que al final vencí todo miedo. Había preparado mi tintura desde hacía ya bastante; adquirí entonces en una casa farmacéutica una cantidad importante de una determinada sal, que, según mostraban mis experimentos, era el último ingrediente necesario, y aquella noche maldita preparé la poción. Miré el líquido que bullía y humeaba en el vaso, esperé a que terminara la efervescencia, luego me armé de valor y bebí.

Inmediatamente después me entraron espasmos atroces: un sentido de quebrantamiento de huesos, una náusea mortal, y un horror, y una revulsión del espíritu tal, que no se podría imaginar uno mayor ni en la hora del nacimiento o de la muerte. Pero pronto cesaron estas torturas y, recobrando los sentidos, me encontré como salido de una enfermedad grave. Había algo extraño en mis sensaciones, algo indescriptiblemente nuevo y, por esto mismo, indescriptiblemente agradable. Me sentí más joven, más ágil, más feliz físicamente, mientras en el ánimo tenía conciencia de otras transformaciones: una terca temeridad, una rápida y tumultuosa corriente de imágenes sensuales, un quitar el freno de la obligación, una desconocida pero no inocente libertad interior. Y de inmediato, desde el primer respiro de esa nueva vida, me supe llevado al mal con ímpetu diez veces más perverso y completamente esclavo de mi pecado original. Pero este mismo conocimiento, en ese momento, me exaltó y deleitó como un vino. Alargué los brazos, exultante con la frescura de estas sensaciones, y me di cuenta de repente de ser diminuto de estatura.

No había entonces un espejo en aquella habitación (este que está ahora frente a mí mientras escribo lo puse ahí después para controlar mis transformaciones). La noche estaba muy avanzada; por oscuro que estuviese, la mañana estaba cerca de concebir el día, y el servicio estaba cerrado y pertrechado en las horas más rigurosas del sueño. Decidí, por lo tanto, exaltado como estaba por la esperanza y por el triunfo, aventurarme con esta nueva forma hasta mi dormitorio.

Atravesé el patio suscitando (quizá pensé así) la maravilla de las constelaciones, a cuya insomne vigilancia se descubría el primer ser de mi especie. Me escurrí por los pasillos, extraño en mi propia casa. Y al llegar a mi dormitorio contemplé por primera vez la imagen de Edward Hyde.

Pero aquí, para intentar una explicación de los hechos, puedo confiar solo en la teoría. El lado malo de mi naturaleza, al que había transferido el poder de plasmarme, era menos robusto y desarrollado que mi lado bueno, que poco antes había destronado. Mi vida, después de todo, se había desarrollado en nueve de sus diez partes bajo la influencia del segundo, y el primero había tenido raras ocasiones para ejercitarse y madurar. Así explico que Edward Hyde fuese más pequeño, más ágil y más joven que Henry Jekyll. Así como el bien transpiraba por los trazos de uno, el mal estaba escrito con letras muy claras en la cara del otro.

El mal además (que constituye la parte letal del hombre, por lo que debo creer aún) había impreso en ese cuerpo su marca de deformidad y corrupción. Sin embargo, cuando vi esa imagen espeluznante en el espejo, experimenté un sentido de alegría de alivio, no de repugnancia. También aquel era yo. Me parecí natural y humano. A mis ojos, incluso, esa encarnación de mi espíritu pareció más viva, más individual y se desprendía del imperfecto y ambiguo semblante que hasta ese día había llamado mío. Y en esto no puedo decir que me equivocara. He observado que cuando asumía el aspecto de Hyde nadie podía acercárseme sin estremecerse visiblemente; y esto, sin duda, porque, mientras que cada uno de nosotros es una mezcla de bien y de mal, Edward Hyde, único en el género humano, estaba hecho solo de mal.

No me detuve nada más que un momento ante el espejo. El segundo y concluyente experimento todavía lo tenía que intentar. Quedaba por ver si no habría perdido mi identidad para siempre, sin posibilidad de recuperación; en ese caso, antes de que se hiciera de día, tendría que huir de esa casa que ya no era mía.

Volviendo deprisa al laboratorio, preparé y bebí de nuevo la poción; de nuevo pasé por la agonía de la metamorfosis; y volviendo en mí me encontré con la cara, la estatura, la personalidad de Henry Jekyll.

Esa noche había llegado a una encrucijada fatal. Si me hubiera acercado a mi descubrimiento con un espíritu más noble, si hubiera arriesgado el experimento bajo el dominio de aspiraciones generosas o piadosas, todo habría ido de forma muy distinta. De esas agonías de muerte y resurrección habría podido renacer ángel, en lugar de demonio. La droga por sí misma no obraba en un sentido más que en otro, no era por sí ni divina ni diabólica; abrió las puertas que encarcelaban mis inclinaciones, y de allí, como los prisioneros de Filipos, salió corriendo quien quiso. Mis buenas inclinaciones entonces estaban adormecidas; pero las malas vigilaban, instigadas por la ambición, y se desencadenaron: la cosa proyectada fue Hyde. Así, de las dos personas en las que me dividí, una fue totalmente mala, mientras que la otra se quedó en el antiguo Henry Jekyll, esa incongruente mezcla que no había conseguido reformar. El cambio, por lo tanto, fue completamente hacia lo peor que había en mí.

Aunque ya no fuera joven, yo no había aún perdido mi aversión por una vida de estudio y de trabajo. A veces tenía ganas de divertirme.

Pero, como mis diversiones eran, digamos así, poco honorables, y como era muy conocido y estimado, además de tener una edad respetable, la incongruencia de esa vida me pesaba cada día más. Principalmente por esto me tentaron mis nuevos poderes, y de esta manera quedé esclavo. Solo tenía que beber la poción, abandonar el cuerpo del conocido profesor y vestirme, como con un nuevo traje, con el de Edward Hyde.

La idea me sonreía y la encontré, entonces, ingeniosa. Hice mis preparativos con el máximo cuidado. Alquilé y amueblé la casa del Soho, donde luego fue la policía a buscar a Hyde; tomé como gobernanta a una mujer que tenía pocos escrúpulos y le interesaba estar callada. Y por otra parte advertí a mis criados que un tal Mr. Hyde, del que describí su aspecto, tenía de ahora en adelante plena libertad y autoridad en mi casa; para evitar equívocos, para que en casa se familiarizaran con él, me convertí en un visitante asiduo con mi nuevo aspecto. Luego escribí y te confié el testamento que tanto desaprobaste, de tal forma que, si le hubiera ocurrido algo al doctor Jekyll, habría podido sucederle como Hyde. Y así precavido (en cuanto suponía) en todos los sentidos, empecé a aprovecharme de las extrañas inmunidades de mi posición.

Hace un tiempo, para cometer delitos sin riesgo de la propia persona y reputación, se pagaba y se mandaba a matones. Yo fui el primero que dispuse de un «matón» que mandaba por ahí para que me proporcionase satisfacciones. Fui el primero en disponer de otro yo que podía en cualquier momento desembarazarse de todas las ataduras para gozar de una absoluta libertad, como un chiquillo de escuela en sus escapadas, sin comprometer mínimamente la dignidad y la seriedad de mi figura pública.

Pero también en el impenetrable traje de Mr. Hyde estaba perfectamente seguro. Si pensamos, ¡ni existía! Bastaba que, por la puerta de atrás, me escurriese en el laboratorio y engullese la poción (siempre preparada para esta eventualidad), porque Edward Hyde, hiciera lo que hiciese, desaparecía como desaparece de un espejo la marca del aliento; y porque en su lugar, inmerso tranquilamente en sus estudios al nocturno rayo de la vela, había uno que se podía reír de cualquier sospecha: Henry Jekyll.

Los placeres que me apresuré a encontrar bajo mi disfraz eran, como he dicho, poco decorosos (no creo que deba definirlos con mayor dureza); pero en las manos de Edward

Hyde empezaron pronto a inclinarse hacia lo monstruoso. A menudo a la vuelta de estas excursiones, consideraba con consternado estupor la depravación de mi otro yo. Esa especie de familiar mío, que había sacado de mi alma y mandaba por ahí para su placer, era un ser intrínsecamente malo y perverso; en el centro de cada pensamiento suyo, de cada acto, estaba siempre y solo él mismo. Bebía el propio placer, con avidez bestial, de los atroces sufrimientos de los demás. Tenía la crueldad de un hombre de piedra.

Henry Jekyll a veces se quedaba congelado con las acciones de Edward Hyde, pero la situación estaba tan fuera de toda norma, de toda ley ordinaria, que debilitaba insidiosamente su conciencia. Hyde y solo Hyde, después de todo, era culpable. Y Jekyll, cuando volvía en sí, no era peor que antes: se encontraba con todas sus buenas cualidades inalteradas; incluso procuraba, si era posible, remediar el mal causado por Hyde. Y así su conciencia podía dormir.

No me detendré a describir las infamias de las que de esta forma me hice cómplice (ya que no sabría admitir, ni siquiera ahora, que las he cometido yo); diré simplemente por qué caminos y tras qué advertencias llegó por fin mi castigo. Sin embargo, hay un incidente que debo recordar, aunque no tuviera consecuencias. Un acto mío de crueldad con una niña provocó la intervención de un paseante, que he reconocido el otro día en la persona de tu primo Enfield; se unieron a él el médico y los familiares de la pequeña, y hubo momentos en los que temí por mi vida; por fin, para aplacar su justa ira, Hyde les llevó hasta la puerta del laboratorio y pagó con un cheque firmado por Jekyll.

Para evitar cualquier contratiempo, entonces abrí una cuenta a nombre de Edward Hyde en otro banco; y cuando, cambiando la inclinación de mi caligrafía, hube provisto a Hyde también de una firma, me creí a salvo de cualquier imprevisto del destino.

Dos meses antes del asesinato de Sir Danvers había estado fuera por una de mis aventuras y había vuelto a casa muy tarde. Al día siguiente me desperté en la cama con una sensación de curiosa extrañeza. Pero en vano miré alrededor, en vano examiné el mobiliario elegante y las proporciones de mi habitación con sus altas ventanas con vista a la plaza; en vano reconocí las cortinas y la caoba de mi cama de columnas; algo seguía haciéndome pensar que no era yo, que no me había despertado en el lugar donde parecía que me encontraba, sino en la pequeña habitación del Soho en la que por regla general dormía cuando estaba en el pellejo de Mr. Hyde. Esa especie de ilusión era tan extraña que, aunque me sonriera, y recayese a ratos en el duermevela de la mañana, me puse a estudiarla en mi habitual interés por todo fenómeno psicológico. Todavía lo estaba analizando, cuando por casualidad, en un intervalo más lúcido en mi despertar, la mirada cayó en una de las manos. Las manos de Henry Jekyll (recuerdo que tú hiciste esa observación una vez) eran típicas manos de médico, grandes, blancas y bien hechas. Pero la mano a medio cerrar que vi en la sábana, a la luz amarillenta de la mañana londinense, era nudosa y descarnada, de una palidez grisácea, muy recubierta de pelos oscuros: era la mano de Edward Hyde.

Me quedé mirándola al menos medio minuto, estupefacto por la sorpresa, antes de que él terror me explotase en el pecho con el estruendo de un golpe de platillos en una orquesta. Me levanté de la cama, corrí al espejo, la evidencia me heló: sí, me había dormido Jekyll y me había despertado Hyde. «¿Cómo había podido ser posible?», me pregunté. E inmediatamente después, con un nuevo sobresalto de terror: «¿Cómo remediarlo?»

Ya se había hecho de día, los criados se habían levantado y lo que necesitaba para la poción estaba en la habitación encima del laboratorio; esto significaba un largo viaje por dos rampas de escaleras, los pasillos detrás de la cocina, el patio abierto y la sala de anatomía.

Podría haberme tapado la cara, ¿pero para qué serviría si no podía esconder mi estatura? Luego me acordé con tremendo alivio que los criados se habían acostumbrado a ese ir y venir de mi otro yo. Me vestí como mejor pude con esa ropa muy ancha: atravesé la casa con el susto de Bradshaw, que se echó para atrás al ver a Mr. Hyde a esas horas y tan extrañamente vestido, y diez minutos más tarde el doctor Jekyll, reconquistada su propia apariencia, se sentaba con la frente fruncida fingiendo desayunar.

No se puede decir efectivamente que tuviese apetito. Ese incidente inexplicable, ese vuelco de mis anteriores experiencias, me parecía una profecía de desgracia, como las letras que trazó en la pared el dedo babilónico.

Empecé entonces a reflexionar, con más seriedad de la que había puesto hasta ahora, sobre las dificultades y los peligros de mi doble existencia. Esa otra parte de mí, que tenía el poder de proyectar, había tenido tiempo de ejercitarse y afirmarse cada vez más; me había parecido, últimamente, que Hyde había crecido, y en mis mismas venas (cuando tenía esa forma) había sentido que fluía la sangre más abundantemente.

Percibí el peligro que me amenazaba. Si seguían así las cosas, el equilibrio de mi naturaleza habría terminado por trastocarse: no habría tenido ya el poder de cambiar y me habría quedado prisionero para siempre en la piel de Hyde.

Mi preparado no se había mostrado siempre con la misma eficacia. Una vez, todavía al principio, no había tenido casi efecto; otras veces había sido obligado a doblar la dosis, y hasta en un caso a triplicarla, con un riesgo de vida muy grave. Pero después de ese incidente me di cuenta de que la situación había cambiado: si al principio la dificultad consistía en desembarazarme del cuerpo de Jekyll, desde hace algún tiempo, gradual pero decididamente, el problema era el inverso. O sea, todo indicaba que yo iba perdiendo poco a poco el control de la parte originaria y mejor de mí mismo, y poco a poco, identificándome con la secundaria y peor.

Entonces sentí que tenía que elegir entre mis dos naturalezas. Estas tenían en común la memoria, pero compartían en distinta medida el resto de las facultades. Jekyll, de naturaleza compuesta, participaba a veces con las más vivas aprensiones y a veces con ávido deseo en los placeres y aventuras de Hyde; pero Hyde no se preocupaba lo más mínimo de Jekyll, como máximo lo recordaba como el bandido de la sierra recuerda la cueva en la que encuentra refugio cuando lo persiguen. Jekyll mostraba más interés que un padre, Hyde era más indiferente que un hijo. Elegir la suerte de Jekyll era sacrificar esos apetitos con los que hace un tiempo era indulgente, y que ahora satisfacía libremente; elegir la de Hyde significaba renunciar a miles de intereses y aspiraciones, convertirse de repente y para siempre en un desecho, despreciado y sin amigos.

Parecía que se iba a imponer la primera elección, pero hay que colocar algo más en la balanza. Mientras Jekyll hubiese sufrido con agudeza los escozores de la abstinencia, Hyde ni siquiera se habría dado cuenta de lo que había perdido. Aunque las circunstancias fuesen singulares, los términos del dilema eran, sin embargo, banales y tan antiguos como el hombre: todo pecador tembloroso, en la hora de la tentación, se encuentra frente a las mismas adulaciones y a los mismos miedos, y luego estos tiran los dados por él. Por otra parte, lo que me sucedió, como casi siempre sucede, fue que elegí el mejor camino, pero sin tener luego la fuerza de quedarme en él.

Sí, preferí al maduro médico insatisfecho e inquieto, pero rodeado de amigos y animado por honestas esperanzas; y di un decidido adiós a la libertad, a la relativa juventud, al paso ligero, a los fuertes impulsos y secretos placeres de los que gocé en la persona de Hyde. Hice esta elección, quizá, con alguna desconocida reserva. No cancelé el alquiler de la casa del Soho, no destruí las ropas de Hyde, que tenía en la habitación de encima del laboratorio. Durante dos meses, sin embargo, me mantuve firme en mi resolución; durante dos meses llevé la vida más austera que jamás hubiera llevado, y tuve como recompensa las satisfacciones de una conciencia tranquila. Pero mis miedos, con el tiempo, se debilitaron; las alabanzas de la conciencia, con la costumbre, perdieron eficacia; empecé, por el contrario, a ser atormentado por impulsos y deseos angustiosos, como si el mismo Hyde estuviera luchando para liberarse, y al final, en un momento de flaqueza moral, de nuevo preparé y bebí la poción.

No creo que el borracho, cuando razona consigo mismo sobre su vicio, se preocupe alguna vez realmente de los peligros a los que se expone en su estado de embrutecimiento. Tampoco yo nunca, aunque a veces hubiese reflexionado sobre mi situación, había tenido suficientemente en cuenta la completa insensibilidad moral y la enloquecida predisposición al mal, que eran los rasgos dominantes de Hyde. Por esto me vino el castigo.

Mi demonio había estado encerrado mucho tiempo en la jaula y escapó rugiendo. Inmediatamente fui consciente, incluso antes de haber terminado la poción, de una más desenfrenada y furiosa voluntad de mal. Y esto quizás explica la tempestad de intolerancia, de irresistible aversión, que desencadenaron en mí las maneras correctas y corteses de mi víctima. Pues al menos puedo declarar ante Dios que ningún hombre mentalmente sano habría podido reaccionar con un delito semejante a una provocación tan inconsistente; y que no había en mí más luz de razón, cuando golpeé, de la que hay en un niño que rompe con impaciencia un juguete. Yo, por otra parte, me había despojado voluntariamente de todos esos instintos que, haciendo, por así decir, de contrapeso, permiten incluso a los peores entre nosotros resistir en alguna medida las tentaciones. Ser tentado, para mí, significaba caer.

Se desencadenó entonces un verdadero espíritu del infierno. Me enfurecí mucho con el hombre ya en el suelo, saboreando con júbilo cada golpe que le daba; y solo cuando el cansancio sucedió al furor, todavía en pleno delirio, de golpe me heló el terror. Una niebla se disipó. Entendí que ya hasta mi vida estaba en peligro y huí temblando del lugar de mi crueldad.

Pero temblaba de miedo y de exaltación a la vez, igualmente enfurecido en la voluntad de vivir y en la apenas satisfecha, y mucho más estimulada, de hacer el mal. Fui corriendo a la casa del Soho y para mayor seguridad rompí mis papeles; luego me encaminé por las calles alumbradas por los faroles, siempre en ese contrastado éxtasis del espíritu, complaciéndome cruelmente de mi delito, y proyectando alegremente cometer otros, y sin embargo dándome prisa y con oído atento por el temor de oír detrás de mí los pasos del vengador.

Hyde tenía una canción en los labios, mientras preparaba la mezcla, y bebió brindando por el que había matado. Pero nada más cesar los dolores de la metamorfosis, Henry Jekyll, de rodillas, invocaba a Dios con lágrimas de gratitud y de remordimiento. El velo de la tolerancia se había rasgado de arriba de la cabeza a los pies, y en ese momento tuve delante toda mi vida: podía seguirla desde los días de la infancia, cuando paseaba agarrado de la mano de mi padre, hasta las luchas y sacrificios de mi vida de médico; pero solo para volver siempre de nuevo, con el mismo sentido de irrealidad, a los condenados horrores de aquella noche.

Habría querido gritar. Intenté esconderme implorando y llorando por el tropel de imágenes y sonidos sobrecogedores que la memoria suscitaba en mi contra, pero, entre las pausas de mis invocaciones, la cara de mi iniquidad volvía a examinarme amenazadoramente.

Por fin el remordimiento se hizo menos agudo, y poco a poco lo sucedió un sentido de liberación. El problema de mi conducta estaba resuelto. Hyde, de ahora en adelante, ya no habría sido posible y yo, quisiera o no, habría quedado confinado en la parte mejor de mi existencia. ¡Qué alegría experimenté con este pensamiento! ¡Con qué voluntariosa humildad acepté de nuevo las restricciones de la vida ordinaria! ¡Con qué espíritu de sincera renuncia cerré la puerta por la que tan a menudo había ido y vuelto, y pisoteé la llave bajo mi pie!

Al día siguiente se supo que había testigos del asesinato, que no había dudas sobre la culpabilidad de Hyde y que la víctima era una personalidad muy conocida. No había sido solo un delito, sino una trágica locura. Y creo que me alegré de saberlo, que me alegré de que el terror del patíbulo me confirmase y fortificase en mis mejores impulsos. Jekyll era ahora mi puerto de asilo: si Hyde se arriesgaba a salir un instante, las manos de todos se le habrían echado encima para detenerlo y hacer justicia.

Decidí que mi conducta futura rescataría mi pasado, y puedo decir honestamente que mi resolución trajo algún fruto. Sabes también con qué celo, en los últimos meses del año pasado, me dediqué a aliviar los dolores y sufrimientos;

sabes que pude ser de ayuda para muchos; y sabes que pasé unos días tranquilos y felices. No puedo decir, con honradez, que esa vida inocente y benéfica acabase aburriéndome; creo que cada día gozaba más. Pero no había conseguido liberarme de la maldita duplicidad de mi carácter. Cuando la voluntad de expiación se atenuó, la peor parte de mí, liberada durante mucho tiempo y ahora tan mortificada, empezó a rugir y a reclamar.

No es que pensase resucitar a Hyde. Esa simple idea bastaba para que cayese en el temor. No. Fui yo en cuanto Jekyll, en mi misma persona, el que jugó de nuevo con mi conciencia; y fue como cualquier pecador clandestino que cede por fin a los asaltos de la tentación. Pero todo tiene un límite; la medida mayor se colma; y bastó ese fugaz extravío para destruir el equilibrio de mi espíritu.

En ese mismo momento, sin embargo, no me alarmé: la caída me había parecido natural, como una vuelta a los viejos tiempos antes de mi descubrimiento. Era una bonita, clara mañana de enero, con la tierra húmeda por la escarcha deshecha, pero ni una nube en el cielo; Regent's Park estaba lleno de trinos invernales y olores casi de primavera. Yo estaba sentado al sol en un banco, y mientras el animal en mí lamía un resto de memorias, mi conciencia soñaba prometiéndose penitencia, pero sin ninguna prisa por empezar. Después de todo, reflexioné, no era distinto de mis semejantes; pero luego sonreí comparando mi celo, mi laboriosa buena voluntad, con la perezosa crueldad de la negligencia de ellos.

Estaba pavoneándome con este pensamiento cuando me asaltaron atroces espasmos acompañados de náuseas y temblorosas convulsiones.

Fue una crisis tan fuerte, aunque no durara mucho, que me dejó casi desvanecido. Cuando, más tarde, poco a poco me recuperé, me di cuenta de un cambio en mi forma de pensar: mayor audacia, desprecio del peligro, desligadura de toda obligación. Bajé los ojos: la ropa me colgaba informe en mis miembros contraídos, la mano que apoyaba en una rodilla era huesuda y peluda. ¡Era otra vez Edward Hyde! Un momento antes gozaba de la estima de todos, era rico y querido, una mesa preparada me esperaba en mi casa... y ahora no era más que un proscrito, sin casa y sin refugio, un asesino al que todos perseguían, carne de horca.

Mi razón vaciló, pero no me faltó del todo. Ya he dicho que mis facultades parecían agudizarse y mi espíritu se hacía más tenso, más rápido, cuando estalla en mi segunda encarnación. Y así, mientras Jekyll, en ese punto, habría quizás abandonado la partida, Hyde sin embargo supo adecuarse al peligro del momento. Los ingredientes para la poción estaban en un armario de la habitación encima del laboratorio: ¿cómo llegar allí? Este era el problema que tenía que esforzarme por resolver y sin perder un minuto. Yo mismo había cerrado la puerta de atrás. Si hubiera intentado entrar por la puerta principal, los mismos criados me habrían llevado al verdugo. Vi que tenía que recurrir a alguien más, y acudí a Lanyon. ¿Pero cómo podría llegar a Lanyon? ¿Y cómo persuadirlo? Admitiendo que pudiese escapar de ser apresado por la calle, ¿cómo hacerme admitir a su presencia? ¿Cómo habría podido yo, visitante desconocido y desagradable, convencer al ilustre médico que saqueara el despacho de su colega, el doctor Jekyll? Luego me acordé de que conservaba algo de la persona de Jekyll: la caligrafía; y vi entonces con claridad el camino que debía seguir.

Me arreglé la ropa que llevaba encima lo mejor que pude, y llamé un coche para que me condujera a una posada de la que recordaba el nombre, en Portland Street. Llevaba una ropa tan ridícula (aunque trágico fuese el destino que cubría), que el cochero no pudo contener una sonrisa de desprecio; yo rechiné los dientes en un arrebato de furia salvaje, y desapareció su sonrisa, felizmente para él, aunque más feliz para mí, ya que un instante después sin duda lo habría tirado del pescante. Luego en la posada, cuando entré, tenía un aire tan tétrico, que sirvientes y camareros, temblando de miedo, no osaron intercambiar una sola mirada en mi presencia, sino que, obedeciendo exquisitamente mis órdenes, me condujeron a una sala privada, a la que me trajeron todo lo que necesitaba para escribir.

Hyde en peligro de vida era una bestia que aún no había aprendido a conocer. Sacudido por una rabia tremenda, preso de una furia homicida, animado solo por deseos de violencia, supo sin embargo dominarse y obrar con astucia. Escribió dos cartas de calculada gravedad, una a Lanyon, otra a Poole, y, para estar seguro de que las llevarían al correo, ordenó que se mandaran certificadas. Luego se quedó todo el día junto al fuego, mordiéndose las uñas, y cenó solo en la sala privada, servido por un camarero visiblemente amedrentado. Bien entrada la noche se fue y tomó un coche cerrado, que lo llevó de arriba abajo por las calles de la ciudad.

Luego, temiendo que el cochero empezase a sospechar de él —sigo diciendo «él», porque en realidad no puedo decir «yo»: ese hijo del infierno no tenía nada de humano, ya estaba hecho solo de odio y de miedo—, despidió el coche y se aventuró a pie, entre los paseantes nocturnos, objeto de la curiosidad por su grotesco vestir y siempre empujado, como en una tempestad, por esas dos únicas bajas pasiones. Caminaba deprisa, mascullando entre sí, buscando las calles menos frecuentadas, contando los minutos que lo separaban de la medianoche. A un cierto punto se le acercó una mujer, creo que para venderle fósforos, y él la echó de un manotazo.

Cuando, en casa de Lanyon, volví en mí, el horror de mi viejo amigo debió sin duda conmoverme, pero no sé hasta qué punto; esa fue solo una gota, probablemente, que me sumergió en el mar del horror mientras consideraba la situación. Lo que ahora me perturbaba no era ya el terror de la horca, sino el de convertirme otra vez en Hyde. Escuché casi en sueños las palabras de condena de Lanyon, y casi en sueños volví a casa y me metí en la cama. Me dormí enseguida, por lo agotado que estaba, con sueño largo e ininterrumpido, aunque poblado de pesadillas.

Por la mañana me desperté bastante descansado. Estaba todavía agitado y débil y no había olvidado los tremendos peligros del día anterior; el pensamiento del bruto que dormía en mí seguía llenándome de horror; pero estaba en mi casa, disponía de los ingredientes para la poción, y mi gratitud por el peligro que se había esfumado tenía casi los colores de la esperanza.

Estaba atravesando sin prisa el patio, después de desayunar, y respiraba con placer el aire fresco cuando de nuevo se apoderaron de mí esas indescriptibles sensaciones que anunciaban la metamorfosis. Tuve apenas tiempo de refugiarme en mi habitación de encima del laboratorio, antes de encontrarme una vez más en la piel de Hyde, inflamado por sus furores y helado por sus miedos. Esta vez necesité una dosis doble para hacerme volver en mí. Y por desgracia seis horas después, mientras me sentaba tristemente a mirar el fuego, volvieron los espasmos y tuve que volver a tomar la poción.

En resumen, a partir de ese día, fue solo un esfuerzo atlético, y solo bajo el estímulo inmediato de la mezcla pude a intermitencias mantenerme en la persona de Jekyll. Los escalofríos premonitorios podían asaltarme en cualquier hora del día y de la noche; pero sobre todo bastaba que me durmiese o que echara una simple cabezada en mi sillón para que al despertar me encontrase en la piel de Hyde.

Esta amenaza siempre inminente, y el insomnio al que yo mismo me condenaba más allá de los límites humanamente soportables, me redujeron pronto a una especie de animal devorado y vaciado por la fiebre, debilitado tanto en el cuerpo como en la mente, y ocupado con un solo pensamiento: el horror de ese otro yo. Pero cuando me dormía, o cuando cesaba el efecto de la poción, caía casi sin transición (ya que la metamorfosis en este sentido era siempre menos laboriosa) en la esclavitud de una fantasía rebosante de imágenes de terror, de un alma que hervía de odios sin motivo y de un cuerpo tan lleno de energías vitales que parecía incapaz de contenerlas.

Parecía que, al disminuir las fuerzas de Jekyll, las de Hyde aumentaban; pero el odio que las separaba era ya de la misma intensidad.

Para Jekyll era una cuestión de instinto vital: ya conocía en toda su deformidad al ser con el que tenía en común algunos de los fenómenos de la conciencia, y con el que habría compartido la muerte, pero, aparte del horror y de la tragedia de este lazo, Hyde, con toda su energía vital, ya le parecía algo no solo infernal, sino inorgánico. Esto era lo que más horror le producía: que ese fango de pozo pareciese emitir gritos y voces; que ese polvo amorfo gesticulase y pecase; que una cosa muerta, una cosa informe, pudiera usurpar las funciones de la vida. Y más aún: que esa insurgente monstruosidad fuese más cercana que una mujer, más íntima que un ojo, anidada como estaba en él y enjaulada en su misma carne, donde la oía murmurar y luchar para nacer; y que en algún momento de debilidad, o en la confianza del sueño, ella pudiese prevalecer contra él y despojarlo de la vida.

Hyde odiaba a Jekyll por otras razones distintas. Su terror a la horca lo empujaba siempre de nuevo al suicidio temporal, a abandonar provisionalmente la condición de persona para entrar en el estado subordinado de parte. Pero aborrecía esta necesidad, aborrecía la inercia en la que había caído Jekyll, y la cambiaba por la aversión con la que se sabía considerado.

Esto explica las malas pasadas que Hyde empezó a jugarme, como escribir blasfemias de mi puño y letra en las páginas de mis libros, quemar mis papeles o destruir el retrato de mi padre. Incluso creo que, si no hubiera sido por el miedo a morir, ya hace tiempo que se habría arruinado a sí mismo para arrastrarme en su ruina. Pero su amor a la vida era extraordinario.

Diré más: yo que me quedo helado y aterrorizado solo con pensarlo, yo, sin embargo, cuando reflexiono sobre la abyección y pasión de ese apego a la vida, y cuando lo veo temblar asustado, desencajado, por la idea de que yo puedo eliminarlo con el suicidio, acabo por sentir hasta piedad.

Es inútil alargar esta descripción, sobre todo porque el tiempo ya aprieta terriblemente. Bastaría decir que nadie jamás ha sufrido semejantes tormentos, si no hubiese que añadir que también a estos la costumbre ha dado, no digo alivio, sino disminución debida a un incierto encallecimiento del alma, a una cierta aquiescencia de la desesperación. Y mi castigo habría podido durar años si no hubiera tenido lugar una circunstancia imprevista, que dentro de poco me separará para siempre de mi propio aspecto y de mi naturaleza originaria. Mi provisión de sales, que no había nunca renovado desde los tiempos del primer experimento, últimamente ha empezado a escasear. Y cuando he mandado a buscar más y he preparado con ellas la mezcla, he conseguido la ebullición y el primer cambio de color, pero no el segundo. Y la poción no ha surtido ya efecto alguno. Poole te contará que le he enviado a buscar estas sales por todo Londres, pero sin conseguirlas. Ahora estoy convencido de que la primera cantidad debía de ser impura, y precisamente de esta desconocida impureza dependía su eficacia.

Ha pasado desde entonces una semana, y estoy terminando este escrito gracias a la última dosis de las viejas sales. Esta, por lo tanto, a no ser por un milagro, es la última vez que Henry Jekyll puede pensar sus propios pensamientos y ver su cara (¡qué tristemente ha cambiado!) en el espejo que tiene delante. Ni puedo tardar mucho en concluir, porque solo gracias a mi cautela, y a la suerte, estas hojas han escapado hasta ahora de la destrucción. Hyde, si la metamorfosis se produjese mientras estoy aún escribiendo, las haría inmediatamente pedazos. Si, por el contrario, tengo tiempo de ponerlas aparte, su extraordinaria capacidad de pensar únicamente en sí mismo, la limitación de su interés por sus circunstancias inmediatas, las salvarán quizás de su simiesco despecho. Pero en realidad el destino que nos aplasta a ambos ha cambiado e incluso lo ha domado a él.

Quizá, dentro de media hora, cuando encarne de nuevo y para siempre a ese ser odiado, sé que me pondré a llorar y a temblar en mi sillón, o que volveré a pasear de arriba abajo por esta habitación (mi último refugio en esta tierra) escuchando cada ruido en un paroxismo de miedo, pegando desesperadamente el oído a cualquier sonido de amenaza. ¿Morirá Hyde en el patíbulo?, ¿encontrará, en el último instante, el valor de liberarse? Dios lo sabe, a mí no me importa. Esta es la hora de mi verdadera muerte. Lo que venga después pertenece a otro.

Y así, posando la pluma y sellando esta confesión mía, pongo fin a la vida del infeliz que fue Henry Jekyll.

OTROS TÍTULOS
DE ESTA COLECCIÓN

Cumbres borrascosas
Emily Brontë

Un amor que está hecho de los vientos, la lluvia y el barro de los páramos ingleses. Una pasión que atraviesa paredes y acecha a través de las ventanas. Una pasión que burla a la muerte y atormenta a los vivos. Un amor parecido a una energía sobrenatural que se divide y toma cuerpo en dos seres: Catherine y Heathcliff.

Heathcliff es oscuro y tosco; un joven huérfano, pobre y sin educación. Catherine es una joven caprichosa que se enamora pero decide no casarse con él por su pobreza y sus malos modales. Heathcliff elige casarse con otra mujer por venganza. Pero nada los alejará. Si no los une el amor, entonces los unirá el odio, los mutuos reproches y los deseos de venganza. Y cuando la muerte se interponga, seguirán acechándose en sueños, en los rincones, en la memoria.

Si el romanticismo del siglo XIX tiene una novela de pasión, esa es *Cumbres borrascosas*. Publicada en 1847, fue la única novela escrita por Emily Brontë. Fiel reflejo de la tradición romántica del siglo XIX, sus personajes no saben de emociones tibias. No hay nada sobrio en sus páginas.

Orgullo y prejuicio
Jane Austen

Si una obra maestra es aquella que reúne todas las características sobresalientes de un artista, podemos decir que *Orgullo y prejuicio* es la obra maestra de Jane Austen. La ironía, los personajes definidos, los diálogos consistentes, el matrimonio y el amor como temas principales, todo está en *Orgullo y prejuicio* trabajado con la mayor fineza posible.

Y es en su heroína, Elizabeth Bennet, donde todos esos elementos perfectos se combinan. Pocos personajes logran hacer avanzar una novela como Elizabeth Bennet. Es ella el motor de la historia con sus palabras, errores y contradicciones. Es la fuerza que nos lleva hacia delante en un mundo de pompas y protocolos: presentaciones forzadas, bailes ceremoniosos, respetos que no se merecen y jóvenes ansiosas por conseguir un marido.

¿Por qué leer en el siglo XXI un clásico como *Orgullo y prejuicio*?

Porque Jane Austen nos sigue hablando, a través de las palabras de la adorable Elizabeth Bennet, de la importancia de escuchar nuestro propio deseo. En doscientos años seguimos hablando de lo mismo.

La metamorfosis
Franz Kafka

«Una mañana, tras un sueño intranquilo, Gregorio Samsa se despertó convertido en un monstruoso insecto.» ¿Puede haber algo peor? Así comienza la célebre novela breve de Franz Kafka, y a esa primera frase, que despierta los primeros temores del lector, le sigue un mundo de pesadilla, universo «kafkiano» por excelencia, donde lo siniestro irrumpe sin previo aviso en lo cotidiano y todo se vuelve incierto y opresivo.

El estilo despojado y la sencillez de la prosa no hacen más que subrayar la complejidad de un relato que desde su publicación (Praga, 1833) ha sido objeto de las interpretaciones más variadas. Lectura política, psicoanalítica, en clave autobiográfica; los análisis se suceden, pero el misterio de *La metamorfosis* permanece intacto y el sentido del texto no se deja atrapar, como el mismísimo Gregorio…